Die frivolen Taten des Glöckners

Den Liebfrauenglöckner aus dieser Erzählung hat es nie wirklich gegeben. Auch die übrigen Figuren mit ihren Taten und Untaten sind reine Fiktion. Bei allen Bürgern von Oberwesel möchte ich mich entschuldigen für meine Verwegenheit, die frivolen Taten des Glöckners in unserer heimischen Liebfrauenkirche anzusiedeln. Vielleicht kann Sie der zweite Teil dieser Veröffentlichung etwas versöhnlicher stimmen.

.

Inhaltsverzeichnis

Die frivolen Taten des Glöckners

Novelle
Lieder und Gedichte
Mundart

Karl-Heinz Link

Diese Schrift ist Ihnen, dem Leser gewidmet. Der Inhalt wurde mit meinen zehn Fingern in den Computer gehackt. Sollten Sie Ecken und Kanten entdecken (Satzflöhe), freuen Sie sich darüber. Es ist wie im richtigen Leben.

Viel Spaß und Kurzweil wünsche ich Ihnen mit dem folgenden Inhalt.

Karl-Heinz Link

Das schweinslederne Geheimnis

Wer sein Leben lang Haare schneidet, den stört auch ein Haar in der Suppe nicht. Und der kleine Schusterjunge, der täglich den Pechfaden zieht, frühstückt mit schwarzen Fingern ebenso genüsslich wie der Gärtner, der gerade noch mit seinen Händen den Blumengrund in den Tontopf gedrückt hat und danach kräftig in einen saftigen Apfel beißt.

Unser Glöckner war im Umgang mit dem Geläut und mit dem schwarzen Herrn am Altar wohl geübt. Doch mit der Frömmigkeit nahm er es nicht so genau. Es gehörte zu seinem Beruf, mit geweihten Dingen in ehrwürdigen Räumen zu hantieren. Da nutzte die Ehrfurcht schon etwas ab. Mit dem Verschleiß der Ehrfurcht ging denn auch eine Portion Abnutzung des Gewissens einher. Es meldete zwar immer noch Bedenken an. Aber die wurden von Mal zu Mal geringer, bis es sie irgendwann ganz unterdrückt hatte. Er hatte die Erfahrung gesammelt, wie eine anfängliche Begeisterung für eine Sache im Laufe der Zeit an Gewicht verlor und irgendwann ganz verblasste und nur noch seinen Platz in der Erinnerung seines Kopfes einnahm. Er hatte zwar bemerkt, dass Erinnerungen Widerhaken waren. So war es auch mit der Ehrfurcht im Gotteshaus. Sie verbrauchte sich wie ein Kleidungsstück oder ein Paar Schuhe. Andererseits hatte die vielseitige Tätigkeit bei dem Glöckner auch Spuren hinterlassen.

Es konnte nicht ausbleiben, dass seine Handflächen von den Glockenseilen ziemlich rau wurden. Schwielen an den Händen und das im Dom. Er hätte sich nicht getraut, die heilige Hostie mit den bloßen Händen entgegen zu nehmen. Damals versteckte er seine klobigen Handschaufeln gefaltet unter dem Spitzendeckchen der marmornen Kommunionbank. Wenn er dann nach dem Empfang des heiligen Brotes zurückeilte zum Glockenturm, und die Wendeltreppe zur Orgelempore erstieg, fand er kaum noch Zeit für ein inneres Gebet, wie es all die anderen Gläubigen seit Menschengedenken übten. Nein, er fand keine Gelegenheit, sein Gesicht mit seinen Händen zu verbergen. Erstens hätte er da überhaupt nicht mitbekommen, was im Kirchenraum passiert. Und zweitens musste er den Blasebalg treten, damit der Organist genügend Luft fürs Orgelspiel bekam. Er konnte es nun überhaupt nicht ausstehen, wenn der Organist drei oder gar mehr Strophen eines Kirchenliedes in das Gewölbe des hohen Raumes posaunte mit kunstvollen Akkorden, mit allerlei trällerndem Vorspiel, wobei die Töne regelrecht Nachlaufen spielten zwischen den tragenden Säulen, als wollten sie sich voreinander verstecken, um dann hinter der nächsten Säule grinsend hervor zu schauen, als ob sie sagen wollten, hier bin ich, nein hier.

Der Glöckner war für die Luft im Blasebalg verantwortlich. Am liebsten hatte er ganz kurze Choräle oder einstrophige Lieder. Das bereitete ihm die geringste Mühe. Er war nicht mehr ganz jung, obwohl seine Gesichtszüge eine Portion Pfiffigkeit verrieten. Die konnte er zwar hinter seiner ernsten Maske geschickt verbergen. Man konnte darauf bauen, immer dann, wenn er etwas im Schilde führte, umgab er sich mit einem würdevollen Gesichtsausdruck. Das verlieh ihm dann einen Eindruck von gewaltiger Autorität, die nur noch von dem gestrengen Dienstherrn am Altar übertroffen werden konnte. Die Autorität seines geistlichen Herren schien dem angeboren. Denn niemandem wurden so viel Strenge und Unnachgiebigkeit kraft seines Amtes übertragen. Er verkörperte die Zehn Gebote, die Gebote der Heiligen katholischen Kirche und die sieben Stücke[1] so korrekt, als sehe er sich als Anwalt des Jüngsten Gerichtes auf Erden. Dieser Übermacht gegenüber erwehrte sich der Glöckner auf seine Weise, ohne jedoch den Anschein dazu zu erwecken.

---

[1] Evangelium, Schöpfung mit Erlösung, Taufe, Heilige Schrift, Abendmahl, Leben der Kirche und Glaube, Hoffnung und Liebe

Von Statur war er nicht zu übersehen. Sein volles welliges Haar hatte einen schwarzen, seidigen Glanz und hing ihm viel zu lang über die Ohren bis auf die Schultern. Dunkle buschige Brauen markierten zwei wachsame Augen, die immerzu einen fast ängstlichen Ausdruck vermittelten, als ob sie wie ein Wild ständig auf der Flucht vor dem Jäger wären. Dabei standen seine Augen etwas zu eng beieinander. Markante Backenknochen ließen auf Entschlossenheit schließen. Sein kantiges Kinn untermauerte diese Vermutung. Es ärgerte ihn schon in seiner Kindheit, wenn er von anderen Kindern als Affe bezeichnet wurde. Ob es an seiner erstaunlichen Kletterfähigkeit lag, als er katzengewandt auf Kirschbäume hangelte, oder ob sein Äußeres dazu beigetragen hatte, beschäftigte ihn sehr. Natürlich war schon in frühester Jugend seine Vorliebe für eine andere Perspektive vorhanden. Das waren Bäume oder das Gebälk in der Scheune. Hier konnte er sehen, was andere nicht sahen. So verbrachte er viele Stunden und beobachtete heimlich die Menschen, wenn sie sich unbeobachtet fühlten.

Einmal war er wieder auf dem Heuboden in der Scheune des Nachbarn, als er Stimmen hörte. Eine Männerstimme und eine Frauenstimme, die miteinander tuschelten und kicherten. Dann sah er, wie die zwei Gestalten in der verlassenen Scheune hinter den Leiterwagen huschten. Plötzlich war es mucksmäuschenstill. Aus seinem Versteck erkannte er den Nachbarn Matthes an seinem Kahlkopf, der mit der Agnes von gegenüber in liebevoller Umarmung ein Schäferstündchen verlebte. Sogleich hielt der Glöckner den Atem an, wollte die beiden nicht stören, und vor allen Dingen hatte er Angst vor dem Matthes, der könnte ihn vermöbeln. Er rührte sich nicht. Nur seine Augen wurden Zeuge ihrer Bewegungen. Der Matthes machte es wie der Hahn mit den Hühnern, nur diese hoben keine Röcke seitlich in die Höhe, wie es die Agnes tat. Sie warf ihren Kopf nach hinten. Ihr langes blondes Haar fiel wie ein dichter Vorhang über ihren hohl gebogenen Rücken. Dabei hatte sie die Augen geschlossen, aber den Mund weit geöffnet. Ihr weißes ebenes Gebiss trat hervor. Das intime Geschehen rief bei dem verborgenen Späher ein eigenartiges Gefühl hervor. Er bemerkte einen nicht unangenehmen Speichelfluss zwischen Gaumen und Zunge, und in seiner Hose wuchs die Kraft aus seinen Lenden.

Es dauerte nicht lange. Die rhythmischen Bewegungen gewannen an Schnelligkeit und brachen mit einem beiderseitigen kurzen aber verhaltenen Schrei plötzlich ab. Dann nur noch Stille, Rascheln und husch, verschwand das Paar aus der Scheune, nachdem der Matthes zuvor am Scheunentor nach rechts und links äugte, ob die Luft sauber war. Sie war sauber. Aber nicht sauber genug. Der einzige menschliche Zeuge war der Glöckner, der damals noch gar kein Glöckner war. Und der profitierte von dem heimlichen Stelldichein.

Lange Zeit danach, als er einmal mächtigen Hunger hatte, schlich er sich in den Stall zu der Agnes und berichtete, was er gesehen hatte. Die bekam rote Ohren. Das konnte er genau sehen, weil sie ihr Haar nun zu einem breiten Zopf geflochten hatte. Sie legte ihren rechten Zeigefinger auf den Mund, bat ihn um Verschwiegenheit und gab ihm einen geräucherten Schinken aus der angrenzenden Vorratskammer, den der Glöckner unter seinem Wams verbarg. Er hob drei Finger seiner rechten Hand, schwor Ehrenwort und verschwand. Das Erlebnis aus seiner Jugend ließ ihn nicht ruhen. Immer wieder sagte er bei der Agnes guten Tag, und immer wieder gab es frische Eier oder Äpfel und Birnen. Inzwischen war aus dem unfreiwilligen Späher ein erwachsener Mann geworden, ein Hüne von Gestalt. Und immer wieder bemächtigte ihn das innere und durchaus angenehme Gefühl, wenn er der Agnes begegnete oder auch nur an sie dachte.

Er war ein solcher Hüne, dass es finster wurde in seiner Kammer, wenn er ans Fenster trat. Wenn ein Ackergaul um seine Stärke wüsste, würde er ganz gewiss nicht auf einfache Zurufe wie „hot" und „haar" parieren. Auch die Zugochsen sind sich ihrer Kraft nicht bewusst. Ähnlich erging es dem Glöckner, dessen fülliger Körper und hünenhafte Gestalt keineswegs mit seinen geistigen Fähigkeiten in Einklang zu bringen waren. Alle Macht geht vom Kopf aus, und dieser Glöcknerschädel überragte den schwarzen Herrn am Altar um eine Kopfeslänge.

Aber die Einfalt hatte in des Glöckners Hirn Quartier bezogen. Vielleicht suchte sie sich gerade geräumige Behausungen aus, um sich darin breit zu machen und behaglich zu fühlen. Er wunderte sich, als es dunkel wurde in seiner Kammer. Dann trat er ans Fenster, um seinen bescheidenen Gemüsegarten zu begutachten. Seine Wohnhütte war karg eingerichtet. Das grob gezimmerte Holzbett beherbergte eine mit Spreu gefüllte Unterlage, die in der Mitte eine tiefe Kuhle bildete. Deshalb schüttelte er jeden Abend, bevor er sich niederlegte, den Inhalt seiner Matratze auf und verteilte den Inhalt einigermaßen gleichmäßig.

In der Mitte des Raumes stand ein hölzerner Tisch. Daneben zwei Stühle. Der zweite Stuhl wurde bislang noch wenig genutzt, es sei denn, er setzte sich abwechselnd auf den einen und dann auf den anderen Stuhl. An der Wand neben dem Bett gab es eine schrankartige Kommode mit zwei oberen Türen, darunter vier Schubfächer. In der Ecke fand ein Eisenofen Platz, dessen langes Ofenrohr unterhalb der Zimmerdecke nach draußen führte. Die einzige Lichtquelle neben dem Fenster war ein Öllicht auf dem Tisch oder aber die offene Ofentür, die in Wintertagen einen zwar anheimelnden aber auch sehr sparsamen Schein spendete. Über der Zimmertür hing ein schlichtes Holzkreuz ohne Korpus. Jedes Mal, wenn er die Stube verließ, warf er zuerst einen prüfenden Blick nach oben, als ob er Abbitte leisten wolle für seine Vorhaben.

An manchen Tagen jedoch blieb seine Kammer leer. Dann verbrachte er einen schönen langen Sommerabend bei seinen Glocken. Hier droben blies der kühle Abendwind wohlig durch die Turmöffnungen. Hier beherrschte sein Blick das gesamte Stadtbild. Ob er stadtseitig bis zum Ochsenturm schaute, hinunter ins Engehöllertal oder stromaufwärts bis zur Rheinpfalz. Wie eine Festung thronte sie inmitten des Stromes, der in der untergehenden Abendsonne wie flüssig gegossenes Blei majestätisch seinen Weg zum Meer suchte.

Hier oben war des Glöckners Reich. Solange er in Liebfrauen Dienst tat, war niemals ein Mensch außer ihm auf der Glockenebene gewesen. Es war ein erhabenes Gefühl, alleiniger Herrscher auf einer Ebene zu sein. Der Glöckner konnte unbehelligt seinen Gedanken nachhängen. Hier konnte er ganze Geschichten zu Ende denken, konnte Figuren entstehen und andere wiederum von der Bildfläche verschwinden lassen.

Er kam sich vor wie der Zauberlehrling in der Zauberküche. In Gedanken ließ er dann seinen Dienstherrn kleiner erscheinen, ließ ihm hässlich große Ohren wachsen. Aber immer wieder wehrte sich der Zwerg gegen seine Verwandlung. Das wird, so sagte sich der Glöckner, mit der Priesterweihe zusammenhängen. Das heilige Amt ließ nicht mit sich spaßen. Wo kämen wir auch hin, wenn jeder Glockenschwinger mit seinem Brotherrn in Wettbewerb treten könnte, um ihn im Inneren herabzuwürdigen zum Zwerg. Das sah der Glöckner ein, gleichwohl er versucht war, sich den Priester im Nachtgewand vorzustellen.

Droben bei seinen Glocken hatte er ein provisorisches Lager. Dort war ein Krug aus Ton. Hinter dem mächtigen Gemäuer blieb der Wein darinnen angenehm kühl. Sein Dienstherr hat sich manchmal gewundert, dass sein Glöckner niemals zu ihm in den Beichtstuhl kam. Statt dessen nahm der einen beschwerlichen Fußmarsch auf sich, um seine Sünden nach Bacharach zu tragen. Denn er konnte dem geistlichen Herrn in Oberwesel doch nicht beichten, dass er einen Krug mit Wein für eigene Zwecke abgezapft hatte. Todernst stapfte der schuldbeladene Glöckner nach einem solchen Raubzug dann gemessenen Schrittes durch die halbdunkle Liebfrauenkirche. Und es war ihm, während er den Krug mit dem gestohlenen Messwein unter seinem Wams verbarg, als ob der heilige Jakobus auf der Säule im Mittelgang mit dem Kopf schüttele. Seitdem nahm er den kleinen Umweg durch das Seitenschiff. Aber hier kam er dem heiligen Martin ins Gehege, der gerade seinen weiten Mantel mit dem Schwert zerteilte und die eine Hälfte dem Bettler gab. Weil keiner den Messwein mit ihm teilte, bediente der Glöckner sich selbst. Das alles kam zwar selten vor, dennoch belastete ihn das sehr. Nachdem er dem Martin bei solcherlei Raubzügen durch das Gotteshaus auch nicht mehr ins Gesicht sehen mochte, schaute er einfach in die andere Richtung. Aber da hing genau das Triptychon vom Jüngsten Gericht. Es tat sich die Erde auf, Flammen regneten vom Himmel. Und die Toten entstiegen ihren Gräbern.

Jetzt wurde der Glöckner erst recht an seine Untat erinnert und an eine gerechte Strafe, die ihn daraufhin erwarte. Er versuchte, seinen Diebstahl zu verdrängen. Er sagte zu sich, schließlich gehöre er zum Inventar des Gotteshauses. Außerdem müsse Mundraub nicht so streng bestraft werden. Bestimmt stehe keine Hölle drauf. Und er würde seinen Herrn ganz sicher warnen, wenn er einmal feststellen sollte, der Messwein sei verdorben. So gesehen sei es sogar ein gutes Werk. Auf jeden Fall wolle er von sich aus Sühne leisten durch ein kräftiges Geläut zur Kirchweih am 15. August. Die Gottesmutter sollte ihre helle Freude haben.

Als er die finsteren Stiegen zum Glockenturm erklomm, glaubte er, er sei nicht allein im Turm. Er wusste aber zu genau, die steinernen Evangelisten auf dem Lettner standen ganz fest. Mit denen hatte er ein gutes Verhältnis. Das waren zu Lebzeiten alles Leute mit richtigen Berufen. Ein Jesuitenpater hatte ihm das einmal erzählt. Es waren seine Gedanken, die mit ihm Versteck spielten. Er lauschte auf das Schlurfen seiner ausgetretenen Schuhe. Wie Schmirgel rieben sich die breiten Schuhsohlen auf den engen Stufen. Einem Korkenzieher gleich wanden sich die spiralförmig angeordneten Treppenstufen hinauf zur Orgelempore. Wenn dem Glöckner inmitten der engen Wendeltreppe jemand unversehens entgegen gekommen wäre, der hätte unweigerlich den Rückzug antreten müssen. Die Bestimmtheit und das Gleichmaß seiner Schritte ließen Entschlossenheit vermuten. Wer außer ihm sollte sich denn auch zur Dämmerstunde im Turm aufhalten? Er war sich seiner Sache sehr sicher, denn er ging mit geschlossenen Augen, in sich hineinhorchend, und schwer atmend setzte er Schritt vor Schritt. Angekommen auf der Orgelempore warf er einen prüfenden Blick hinunter ins Mittelschiff. Seine Augen lugten unter den buschigen Brauen hervor und wanderten von der Jakobussäule quer über den Lettner bis hinüber zum Nikolausaltar. Dabei stand er unbeweglich. Nur die Augen gingen unruhig hin und wieder zurück. Und jedes Mal, wenn sein Blick das stattliche Mittelkreuz auf dem Lettner berührte, war es, als halte er für einen kurzen Augenblick den Atem an. Wieder und wieder nisteten sich Schuldgefühle unter seinem Umhang ein.

Genau dort, wo er den Grund für sein augenblickliches Unbehagen versteckt hatte. Jetzt bewegte er wortlos die grobrissigen Lippen, und fast keuchend kam es kaum hörbar aus ihm hervor:

„Den einen Krug nur, Herr.“

Geräuschlos wandte er sich um und verschwand darauf im Turmhaus. Die offenen Treppen im dickleibigen Turmgebälk mahnten zur Vorsicht. Ein Fehltritt hoch droben wäre schon nicht mehr entschuldbar. Wenn es um die Einhaltung der Gebote ging, nahm der Mensch nur allzu leicht eine für sich vermeintlich nützliche Haltung ein. Der Fehltritt wurde von ihm einfach nicht erkannt. Das Gewissen wurde träge und nutzte sich ab. Und während der Glöckner diese Erkenntnis für sich in Anspruch nahm, passierte es. Sein linkes Bein trat ins Leere. Er hatte neben die Stiege getreten und knallte mit der ganzen Wucht seiner Körperfülle plumps und krachend auf die Treppe. Ihm entfuhr ein jäher Schrei. So laut hatte noch kein Mensch in der Kirche „Unserer Lieben Frau" gebrüllt. Aaah, war das ein Ziehen und ein Reißen in seinen Gliedern. Viel später, während er noch da lag und sich krampfhaft mit beiden Händen an dem Treppenlauf festklammerte, bemerkte er, es wurde ihm warm, was ihm aus dem Mund übers Kinn quoll. Blut.

Zuerst wagte er nicht, sich zu bewegen, so als ob er noch vollends abzustürzen drohe. Noch bevor ihm klar wurde, was der Grund für seine Unachtsamkeit gewesen ist, bemerkte er, dass viel Schlimmeres geschehen war. Doch was da an seinem Bein herunter floss, das war kein Blut. Das war der Messwein, den er seinem geistlichen Herrn heimlich aus der Sakristei gestohlen hatte.

Die Wucht seines Körpers hatte den Krug mit Wein, den er geschickt unter seinem Wams trug, zerschmettert. Sogleich meldete sich sein Gewissen. Das hatte ja auch nichts abbekommen von dem Sturz. Und dieses Gewissen folgerte genau, wie er befürchtet hatte. Jetzt wurde ihm klar, dass der feurige Blitz und die Sterne, die er gleichzeitig beim Aufschlag seines Gesichtes auf die Stiegen gewahrte, der Fingerzeig Gottes gewesen ist. „Du sollst nicht stehlen!" In dieser für ihn misslichen und demütigenden Lage verharrte er sehr sehr lange. Sein Schicksal entstand vor ihm wie ein Puppentheater. Die anderen zogen die Fäden und er hatte sich zu bewegen. Aber jetzt half ihm keiner auf die Beine.

Er dachte an seine verstorbene Mutter, die viel zu jung von der Schwindsucht hinweggerafft wurde und an seinen Vater, den er nicht gekannt hatte. Er selbst war noch zu klein, um den Schmerz mit seiner Mutter zu teilen, als sein Vater als Flößer auf dem Rhein in den Fluten ertrank. Wie er von seiner Mutter wusste, führte der Rhein damals Hochwasser. Sie erzählte die traurige Geschichte dem Kind immer wieder mit feuchten Augen und zugeschnürter Kehle. „Adam", sagte sie und drückte den Knaben liebevoll an ihre Brust.

„Man hat deinen Vater nie gefunden."

Sie sprach von dem großen Meer, das an den Himmel stößt und dort die Seelen aufnimmt.

Plötzlich dachte er an seine Jugend im Kloster, das ihn als Waisen aufgenommen hatte. Hier arbeitete er als Gärtner und lernte vom Werdegang der Natur, vom Werden und Vergehen. Es hatte ihn gewundert, warum ihn die Menschen nach dem Tod seiner Mutter in die Obhut der Mönche gegeben hatten. Er war noch ein Knabe und machte sich nie ernsthaft Gedanken darüber. Aber mit zunehmendem Alter fragte er immer öfter in sich hinein, warum gerade er als einziger Bub bei den Patres lebte, wo es im Ort noch drei andere elternlose Kinder gab, die bei Nachbarn aufwuchsen. Dabei war er sich zwar der Vorteile bewusst, die er hinter den Klostermauern genoss. Für Essen und Trinken war gesorgt. Auch seine Kleidung wurde in der klostereigenen Schneiderei für ihn angefertigt. Die wurde aus abgetragenen Mönchskutten eigens für ihn geschneidert. Während die übrigen Kinder im Ort untereinander am Rheinstrom spielten, auf Bäume kletterten und Verstecken spielten, saß er mit den frommen Brüdern in der Bibliothek, wo sie ihm das Lesen und Schreiben beibrachten. Daneben unterwies ihn Bruder Anselm im Klostergarten in Botanik. Die Geheimnisse der Natur interessierten ihn nicht sonderlich. Es genügte ihm, wenn im Frühjahr die Natur erwachte und unter dem Einfluss von Sonne, Wind und

Regen im Herbst die Früchte reiften. Viel mehr wandte er sich den geheimen Schriften zu. Er verstand zwar nicht, was in den handschriftlichen Aufzeichnungen über die Glaubenslehren, über Aberglauben, Ketzertum und über Seelenwanderung stand. Pater Johannes nannte ihn im Scherz oftmals „Pafili", doch verstand Adam die Bedeutung dieses Namens nicht. Für ihn war es wichtiger, dass Bruder Johannes die Heilige Schrift für ihn deutete. Er lernte Moses kennen, der als Säugling in einem Binsenkörbchen im Nil ausgesetzt wurde und von einer Königstochter aufgefunden wurde. Die Geschichte von Noah und der Arche ließ ihn aufhorchen. Die Sintflut mit dem Untergang aller ungerechten Menschen und die wundersame Errettung der Familie Noahs mit allen Tieren in der schwimmenden Arche aus Holz faszinierten ihn geradezu. Am liebsten möchte er einmal eine solche Arche bauen, wenn er dereinst erwachsen sei. Das sagte er dem Bruder Johannes mit leuchtenden Augen. Der lächelte gütig, strich dem Buben mit der rechten Hand zärtlich über dessen wuscheliges Haar und meinte: „Wenn es soweit ist, werde ich dir dabei helfen." Das gefiel dem Glöckner, der zu jener Zeit noch gar kein Glöckner war. Doch es wurde ihm dann doch unheimlich zu Mute, als Bruder Johannes ihn über den Kopf streichelte. Der hörte ja überhaupt nicht auf. Zudem wurde sein Atem immer schneller und heftiger. Mit dem stimmte etwas nicht. Adam entzog sich ihm rasch und floh in die Bibliothek. Ihn hatte damals seine Neugierde immer tiefer in die theologischen Schriften getrieben, er wollte mehr erfahren über die menschliche Seele, über die Abgründe, die Perspektiven und über das Seelenheil.

Mit Genugtuung quittierte Bruder Johannes das Ansinnen des jungen Mannes. Er hatte Zugang zu der gesamten Literatur. Jede freie Minute widmete er sich den Aufzeichnungen, die er zwar nicht verstand, die ihm dennoch das erhabene Gefühl gaben, lesen zu können. Nur eine Schrankschublade blieb ihm verschlossen. Da würden also Geheimdokumente lagern, die nicht für seine Augen bestimmt waren. Er sah in Gedanken geheime Formeln der Alchemie, man munkelte unter vorgehaltener Hand, es seien Alchimisten am Werk, die könnten blankes Gold herstellen. Es könnten aber auch Naturrezepte sein für die Heilung schlimmer Krankheiten. Oder aber es waren geheime Offenbarungen der Propheten, die den Weltuntergang voraussagten. Auf jeden Fall war es wichtig genug, verschossen zu werden. Es könnte Macht bedeuten, oder Unglück. Wer immer auch das Geheimnis unbefugt lüften sollte. Aber zu allen Zeiten waren die Menschen der Faszination ihrer Neugierde erlegen. Bereits Adam und Eva im Paradies hatten das göttliche Gebot missachtet und vom Baum der Erkenntnis den verbotenen Apfel gepflückt. Auch Lots Weib konnte sich nicht beherrschen und hatte sich auf ihrer Flucht nach den sündigen Städten Sodom und Gomorrha umgeschaut und war darob zur Salzsäule erstarrt. All das war dem jungen Mann bekannt. Dennoch beflügelte der Reiz jener verschlossenen Lade den Adam, den die Mönche auch scherzhafterweise „Pafili" nannten immer wieder. Und er sann nach Möglichkeiten, an den verborgenen Schatz heranzukommen. Adam erinnerte sich an die Lehrstunde bei Bruder Johannes. Von ihm erfuhr er, das Monasterium sei ein lateinisches Wort, sehr bedeutungsvoll und sei in unserer Sprache nichts anderes als ein Kloster.

„Mehrere Klöster heißen demzufolge Monasterien. Merke dir, in dem Wort Monasterium steckt der Begriff Mönch."

Adam begriff und nickte „ja."

„Klöster sind Orte des Gebetes, der inneren Einkehr und Orte der Arbeit."

Das verstand Adam.

„Die Arbeiten werden je nach Fähigkeiten und Fertigkeiten der Mönche aufgeteilt."

Darauf Adam:

„Wer was von Pflanzen versteht, wird Gärtner und wer was von Holz versteht, wird Schreiner, und wer sich im Weinberg auskennt, wird Winzer."

„Richtig", lobte Bruder Johannes.

„Und du wirst eines Tages die Glocken in der Liebfrauenkirche bedienen."

„Wie geht denn das?" wollte der junge Mann wissen. Bruder Johannes machte ein bedeutungsvolles Gesicht, schaute zum Himmel empor, der an diesem Tag sein sonnigstes Blau darbot. Dann sagte er zu seinem Zögling:

„Glocken läuten ist wie ein Gebet. Es ist der Ruf des Gotteshauses an die Gemeinde, denn jedes Geläut hat seine eigene Bedeutung. Es gibt verschiedene Glocken, Große und Kleine, Freudige und Traurige. Das werde ich dir noch ganz genau erklären."

Adam wollte mehr über die Glocken erfahren.

„Wie werden Glocken gemacht?"

„Oh, mein Sohn," oh mein Sohn sagte er,

„Glocken werden aus flüssigem Metall gegossen, ja gegossen in einer eigens dafür hergestellten Form. Das Innere der Glocke, dort wo der Schwengel oder wie er richtig heißt, der Klöppel hin und her schwingt, wird aus halbrunden Ziegelsteinen der innere Kern gemauert und mit Lehm bestrichen. Dieser Kern bildet schon die innere Gestalt der künftigen Glocke. Das Ganze wird getrocknet durch ein Feuer im Inneren des Kerns, denn der ist innen hohl. Der Former, so wird der Mann genannt, bringt nun eine zweite Lehmschicht auf und bringt mithilfe einer Schablone die Modellglocke auf, man nennt sie falsche Glocke. Auch darüber kommt eine Lehmschicht. Nach dem Austrocknen aller drei Teile zieht man mit einem Flaschenzug, so einer, wie wir ihn am Giebel der Scheune haben, hoch. Das hört sich kompliziert an, du müsstest das einmal gesehen haben, um zu begreifen, wie geschickt die Glockengießer vorgehen. Die falsche Glocke wird später nach dem Guss zerschlagen. Der Mantel wird schließlich über den Kern gestülpt. Damit alles auch ohne Hindernisse klappt, wird zwischen die Teile eine Wachsschicht mit Grafit vermischt und aufgetragen. In die Zwischenräume wird dann das flüssige Metall gegossen."

Bruder Johannes versuchte, das Geschehen dem jungen Adam verständlich zu machen. Adam folgte den Erklärungen mit seinen offenen Händen. Die hatte er wie zum Gebet sorgfältig gefaltet. Dann krümmte er die Finger gegeneinander. So deuteten seine Hände die Gestalt einer Schale an. Das entging dem Pater natürlich nicht. Er bestätigte seinem jungen Freund:

„Genau beobachtet Adam, dieser Glockenguss ist eine erhabene und eine fromme Angelegenheit. Sie erfordert ein gerüttelt Maß an Geschicklichkeit, handwerklichem Können und Gottvertrauen."

Nach einer Verschnaufpause fuhr er fort:

„Lass dir berichten, was weiter passiert, dann wirst auch du erkennen, der Glockenguss ist ein würdiger und ergreifender Akt. Zunächst wird die Form in die Erde eingegraben. Es muss nämlich verhindert werden, dass das flüssige Erz die Form zersprengt. Ist die Form fest eingemauert in dem dichten Boden, brodelt im Ofen derweil die Glockenspeise, das ist ein Gemisch von ungefähr achtzig Teilen Kupfer und zwanzig Teilen Zinn."

Adam verfolgte den Vorgang vor seinem geistigen Auge, als wäre er selbst beim Glockenguss dabei.

„Auf ein erhobenes Handzeichen des Glockengießermeisters schweigen nun alle Anwesenden still. Damit das von Menschenhand und Menschengeist vorbereitete Werk auch gelingen möge, spricht er die drei Worte: in Gottes Namen. Er zieht den Zapfen oder auch Schieber aus dem Gießofen und gibt die brodelnde Masse frei für den Weg in die Glockenform."

Adam schaut mit großen Augen auf seinen Lehrmeister, denn er begreift, jetzt wird eine flüssige Hölle wie eine sich windende Schlange zischend durch die Gräben schnellen und der Einfüllöffnung zustreben.

„Zischend entweicht nun eine blaugrüne Flamme durch die Windpfeifen, das sind Löcher aus den Formen, aus denen die Luft entkommt und ein Zeichen, dass sich die Form mit der Glockenspeise verfüllt hat. Es braucht nur wenige Minuten, und mit einem rumorenden Ton merkt der Meister, jetzt ist die Form gefüllt. Ein Dankgebet mit einer nachfolgenden Schweigeminute beendet die Geburt der Glocke."

Das Gesicht des späteren Glöckners strahlte. Nun wollte er wissen, wie es jetzt weiter geht. Das spürte auch der Pater und sprach weiter:

„Nun braucht die Glocke Zeit, einige Tage Zeit, um im Erdreich zu erkalten. Ist das geschehen, kann die Glocke aus der Form geschlagen werden, wobei sie noch unansehnlich und verschmutzt wirkt. Mit Wasser und feinem Sand scheuern die Gesellen so lange, bis die Glocke ihren brillanten, silberhellen Bronzeglanz erhält. Danach wird der Klöppel eingefügt. Der Ton wird durch ein Anschlagen geprüft. Er muss reinklingen. Erst dann gibt der Prüfer mit Sachverstand seine Zustimmung. Nun loben alle Anwesende das Werk, den Meister und die Gesellen, und alle sind zufrieden. Die Menschen im ganzen Lande sind es auch, wenn sie die Stimme dieser Glocke irgendwo vernehmen werden, weil das Geläut sie an den lieben Gott erinnert."

Diese Schilderung hat den Adam begeistert. Weil er vermutlich keine Gelegenheit hat, je selbst eine Glocke herzustellen, wäre er schon glücklich und recht zufrieden, eines Tages Glöckner zu werden und zwar in der Liebfrauenkirche. Das Schicksal wollte es denn auch so. Es war im Herbst. Die Ernte war eingefahren. Der Klostergarten geizte nicht mit prallen Früchten, Äpfel und Birnen, Pflaumen und Trauben, süß und gesund. Wirsing und Rüben, Möhren und Bohnen. Der Altar der Klosterkapelle sollte heute prächtig geschmückt werden. Erntedank, das war eine Hingebung von ausgesucht hübschen Früchten an den Altar unseres Herrn.

Mit gelassener Betriebsamkeit richteten die frommen Mönche den Kirchenraum her für das bevorstehende Erntedankfest. Bruder Johannes ließ es sich nicht nehmen, Bruder Anselm tatkräftig zu helfen. Während die beiden den Altarraum schmückten, schlich sich „Pafili" in die Bibliothek und machte sich an der verschlossenen Lade zu schaffen. Nein, er wandte keine Gewalt an. Plötzlich bemerkte er, die Lade war überhaupt nicht verschlossen. Bisher hatte er immer nur an dem Schubfach gezogen, um es zu öffnen. Jetzt drückte er einfach dagegen und siehe da, es bewegte sich. Das war ein verblüffender Mechanismus. Man benötigt keinen Schlüssel, folglich kann man ihn auch nicht verlieren. Außerdem braucht man den nützlichen Heiligen Antonius nie anflehen, um bei der Schlüsselsuche Beistand zu leisten. Nur der eingeweihte Benutzer kam also an den Inhalt heran.

Da lag es tatsächlich, unschuldig und schweigsam. Ein in Leder gebundenes Büchlein, schmal und dünn, vielleicht nicht einmal hundert Seiten. Die Neugierde überwältigte den Jungen geradezu.

Er griff wie von Geisterhand gesteuert flugs nach dem hellbraunen Lederbüchlein. Ohne den Inhalt zu prüfen, steckte er es in seine Hosentasche, verschloss die Schublade in ihren vorherigen Zustand und verließ auf leisen Sohlen den Raum. Niemand hatte ihn bemerkt. Die Mönche waren zu sehr mit dem Altarschmuck für das Erntedankfest beschäftigt.

Erst am Abend nach dem Ave Maria zog sich der Adam zurück in seine Schlafkammer. Er zündete eine Kerze an, nahm eines der frommen Bücher aus der Bibliothek und las. Aber er las nicht das fromme Buch. Er hatte die dünne schweinslederne geheime Schrift in das dicke fromme Buch gelegt, um nicht aufzufallen, falls unversehens ein Pater an seinem Fenster oder in seiner Stube auftauchen sollte.

Auf der vorletzten Seite erfuhr er, eine Agnes Haberland ist von dem Pater Saulus geschwängert worden. Daraus ist ein Sohn entstanden, der auf den Namen Adam getauft wurde. Die besagte Agnes Haberland wurde sehr bald mit dem Flößer Jakob vermählt, der den Knaben als seinen Sohn angenommen hat.

In Klammern wurde später von einer anderen Handschrift darunter gesetzt: Besagter Flößer Jakob ist bei der Arbeit im Rhein ertrunken. Darunter stand, wieder von anderer Hand geschrieben: Nach dem frühen Tod der Agnes Haberland wurde der Waise getauft auf den Namen Adam und zur Erziehung in die Obhut des Klosters gegeben.

Adam pustete die Kerze aus. Er konnte ohnehin jetzt nicht mehr lesen. Wasser stand ihm in beiden Augen. Er wollte auch nicht gesehen werden, während er leise weinte. Dabei fühlte er sich gar nicht gut. Plötzliche Wut stieg ihm vom Bauch in den Hals. Er versteckte das Schweinslederne unter seiner Matratze, legte das fromme Buch beiseite und legte sich sofort auf sein Lager, jedoch ohne zu schlafen. Adam fühlte sich schlecht, als ob ihm jemand mit einem Knüppel auf den Kopf geschlagen oder mit der geballten Faust mit voller Wucht in seine Magengrube geschlagen hätte. Er konnte seine Gedanken nicht sortieren. Die innere Wut des Adam war außerordentlich mächtig. Sie schüttelte ihn und brachte seinen fülligen Körper in einen lang anhaltenden Zustand von kurzatmigem Zittern. Adam machte eine neue Entdeckung, die ihn an Kain und Abel erinnerte. Aber noch wehrte er sich dagegen. Die bösen Gedanken in seinem Kopf drängten ihn zum Handeln. Sie legten ihm nahe, seinen Vater zu töten. Vatermord? Weil er mich verleugnet hat? Weil er mich ins Kloster gesteckt hat? Neue Zweifel schlichen sich unter Adams Wuschelkopf ein. Er kann doch nicht mit einer

Todsünde leben. Wenn er schon ohne Todsünde leben wollte, so genehmigte er sich wenigstens noch eine lässliche Sünde. Bevor er das verbotene Bändchen zurücklegte in die besagte Lade, war er neugierig, was sonst noch darin aufgezeichnet war. Ganz früh am nächsten Tag noch vor dem Morgenläuten steckte er das geheime Büchlein unter sein Wams. Er ging hinaus in den Klostergarten und verbarg sich hinter dem Holunderbusch. Dort fühlte er sich sicher und unbeobachtet. Das Schweinslederne verbarg noch eine ganze Litanei von Schandtaten. Er erfuhr von sexuellen Verbindungen zwischen zwei Brüdern, die hier nur mit den Buchstaben A und S bezeichnet wurden. Sieh mal einer an, das gab es also auch hinter Klostermauern. Dahinter hieß es, die besagten A und S haben ihr Vermögen dem Orden vermacht. Da ist die Rede von *Werggeld*, von Ablassbriefen und von zeitweiligem Ausschluss von der Eucharistie. An anderer Stelle wird von Tierquälerei geschrieben, von Trunksucht und von Völlerei, die mit kontrollierter Abstinenz von Speis und Trank geahndet wurde.

Dem Adam wurde nach solcherlei Triebhaftigkeit in geheiligten Räumen übel. Nein, das wollte er gar nicht wissen. Jetzt bereute er seine eigene Neugierde und hat sich geschworen, nie wieder seinen Kopf in geheime Dokumente zu stecken.

Der Glöckner ärgerte sich über die Fledermäuse im Turmhaus. Es ging ihm weniger um die Tierchen, die waren ja ganz possierlich. Aber deren Hinterlassenschaft, ihr Kot, ärgerte ihn. Den machte er gleich nach dem Morgenläuten weg. Einmal im Jahr, nicht jeden Monat. Der wusste, nach dem Erntedank, Ende Oktober ziehen Fledermäuse um. Die kannten die nahende Winterzeit mit der tödlichen Frostgefahr. Deshalb verließen sie jetzt ihre Behausung und suchten Schutz in geschützten Felswänden oder gar in Stollen. Nachdem sie ausgezogen waren, begab er sich ins Gebälk und machte Hausputz. Er kratzte den Kot mühsam mit einer Schaufel zusammen und trug ihn nach und nach in einem Weidenkorb nach unten und verbuddelte ihn in seinem Garten, in dem Brennnesseln und Schierling wucherten.

Seit dem Tag, da er als Glöckner für Liebfrauen tätig war, fühlte er sich allein. Allein mit sich und seinen Glocken. An manchen Tagen überfiel ihn Einsamkeit. Dann schon lieber bei den frommen Brüdern hinter Klostermauern beten und arbeiten. Er wurde auch überhaupt nicht gefragt, konnte keine Wahl treffen zwischen Mönchskutten und Glockendienst. Basta! Aber er war andererseits auch mächtig stolz auf seine neue Aufgabe. Da war die kleine Totenglocke mit ihrem etwas zu hellen Geläut. Die bewegte er ganz ohne Anstrengung. Einmal angestoßen, schwang sie fast wie von selbst. Dann verkündete sie den Menschen drunten in den Gassen und Häusern und Stuben vom Heimgang einer Seele. Er konnte es durch den Schallschlitz beobachten, wie sie die Köpfe zusammensteckten oder wie sie die Fenster öffneten, um vielleicht vom Nachbarn zu erfahren, wen der Freund Hein dieses Mal gerufen hatte. Dabei konnte jeder in dem kleinen Ort am Strom bereits am Geläut erkennen, ob es eine Frau getroffen hatte oder einen Mann. Frauen erhielten ein doppeltes Geläut, während Männer sogar ein Dreifaches für sich in Anspruch nehmen konnten. Diese Sitte hat sich jedoch bis in unsere Zeit nicht halten können. Kluge Menschen sollen es endlich etwa hundert Jahre später abgeschafft haben, weil sie eine Herabwürdigung der Frau darin erkannten. (Dennoch gibt es bis auf den heutigen Tag einen Moselort, wo diese alte Sitte noch existiert. Ein Winzer aus Neumagen, dem ältesten Weinort Deutschlands hat bestätigt, dass man die Totenglocke dort in unterschiedlichen Intervallen in Bewegung setzt, damit jeder im Ort erkennen kann, ob eine Frau oder ein Mann abberufen wurde.)

Einst würde der Tod auch ihn, den Glöckner anrühren. Damals im Glockenturm wäre es beinahe schon passiert. Aber er hatte noch Glück im Unglück. Das wurde ihm klar, als er noch immer bewegungslos auf der offenen Stiege lag. In den Turmöffnungen saß ein Schwarm Raben. Die Raben schienen sich lauthals über den erbarmungswürdigen Glöckner lustig zu machen. Gemächlich erhob der sich, während die Tonscherben von ihm abglitten und klatschend auf der Orgelebene aufschlugen. Mit einer abwehrenden Armbewegung und einem befehlenden Zischlaut verscheuchte er zunächst die Rabenvögel. Er hasste Zuschauer, die sich über sein Unglück lustig machten. Sehr vorsichtig setzte er Fuß um Fuß, während seine linke Hand den hölzernen Handlauf umklammerte. Seine rechte Hand hatte er tastend an seine Brusttasche geführt, dort wo der Weinkrug zerbrochen war. Nein, seine Gliedmaßen hatten keinen Schaden erlitten. So sah er aus wie ein beleidigter Napoleon. Er begab sich hinüber zu seiner Lieblingsglocke.

Die mochte er deshalb besonders, weil sie genauso füllig war, wie er selbst, so schwerfällig, so brummig und doch ebenso heiter, wenn es galt, im Konzert mit den Alltagsglocken ein Festgeläute zu veranstalten.

Das war einer jener Augenblicke im Leben des jungen Glöckners Adam, der auch „Pafili" genannt wurde, wenn er mit seinen Glocken hantieren durfte, wenn er sie zum Leben erweckte. Dann wurde er lebendig, sprang behände von Glocke zu Glocke, schubste die eine, zuletzt seine Favoritin an, die mit der dunklen Bass-Stimme. Ihr Metall ließ das Gebälk erzittern. Das Gebilde aus brüllenden Schwingen drängte sich vor den engen Schallschlitzen im Turmgebälk, als wollte es panikartig hinaus ins Freie. Dann überfiel ihn ein Rausch. Und manchmal hatte er den Verdacht, dieser Rauschzustand im Reich der schwingenden Töne sei absolut nichts Frommes. Sein Puls raste, sein Kopf war hochrot und im Mund empfand er den reichlichen Speichelfluss gerade passend. Den spuckte er in dosierten Füllungen über seine zur Röhre gerollte Zunge den Glocken entgegen. So geschah es, dass er eines Tages regelrecht in Trance geriet. Die Bürger wunderten sich über das heftige Glockenkonzert an Allerheiligen. Zuerst hatte er dem Heiligen Martin eine ganze Glockenouvertüre angedeihen lassen. Dann musste er der heiligen Barbara eine weitere Referenz erweisen, wobei er sehr wohl Unterschiede in der Komposition zu machen wusste. Der Barbara hatte er nämlich die lieblichen Töne zugeeignet. Jetzt hatte seine dicke Brumme Pause. Aber beim Fortissimo für den Doppelheiligen Nikolaus und Nepomuk, die in einer Statue heute unter dem kleinen Tempeldach auf der Ringmauer der Stadtbefestigung stehen, da überkam ihn der Glockenrausch vollends. So gerne hätte er noch so vielen Heiligen eine spezielle Glockenarie gewidmet. Dem St. Florian, dem Vinzenz, dem Karl Borromäus und dem Franz von Assisi. Nicht zu vergessen den St. Antonius. Den brauchte er oftmals, wenn er den Sakristeischlüssel mal wieder verlegt hatte. Ja der Antonius wusste Bescheid, der half suchen in jeder Lebenslage. Für Adam existierten bis auf wenige Ausnahmen nur männliche Heilige. Dabei hätte er allen Grund, zur Gottesmutter ein besseres Verhältnis zu haben.

Nachdem das Allerheiligengeläut mehr als die doppelte Zeit vor dem Hochamt gedauert hatte, schickte der geistliche Herr einen Messdiener in den Turm. Er solle endlich den verrückten Glockengeist zum Schweigen bringen. Gerade, als der Glöckner eine letzte Arie dann doch noch der Traubenmadonna widmen wollte, rührte ihn der Messdiener von hinten mit dem langen Kreuzstab an.

Um ein Haar hätte dieser eine kräftige offene Handfläche des erschreckten Adam eingefangen. Gerade noch im letzten Augenblick gewahrte der das Kruzifix.

„Oh Herr, vergib mir, dass ich meine Hand wider dich erhoben."

Der Messdiener wusste um die unberechenbare Kraft des Glöckners. Aber er wusste auch um seine große Ehrfurcht vor dem Heiland. Deshalb nahm er bei dieser Mission auch das Prozessionskreuz mit auf den Turm. So kam es an Allerheiligen zu dem großen Versäumnis. Der Gottesmutter wurde das Geläut vorenthalten. Und Adam, alias „Pafili" ließ von der Stund´ an seine klobigen Finger vom Messwein.

Nach der heiligen Messe zitierte der schwarze Herr seinen Glöckner an den Altar.

„Sag an Adam, was ist ein Heiliger?"

Es wurde ganz still vor dem Tabernakel. Adam schaute verlegen zur Decke. Sein Blick wanderte von dem Kreuzgewölbe hinüber zu den Kirchenfenstern.

„Ein Heiliger ist jemand, durch den die Sonne scheint."

Er meinte damit die bunten Fenster, auf deren in Blei gefassten bunten Scheiben Heiligenfiguren dargestellt waren und nun in dem düsteren Kirchenraum prachtvoll leuchteten. Sie waren vom Sonnenlicht durchflutet. Sein Gegenüber wurde nachdenklich. Dann erkannte er, dass der Glöckner eine kluge Antwort gegeben hatte. Eigentlich wollte er ihn rügen wegen des allzu heftigen und übermäßig ausgiebigen Geläutes. Doch er besann sich und sagte in gütigem Ton:

„Jawohl mein Sohn, Heilige werfen keine Schatten. Sie lassen das Licht durch ihren Körper hindurch. Es ist die Seele, die da leuchtet, damit es jeder sehen kann."

Auf der entgegengesetzten Stadtseite thronte damals schon der mächtige Stadtturm, dem man später ein Kirchenschiff zugeordnet hatte. Auf dem Martinsberg, dem nordwestlichen Begrenzungsrücken, überragte die Martinskirche die südlich gelegene Liebfrauenkirche, denn jene liegt auf dem höheren Berg, während die Kirche „Unserer Lieben Frau" drunten im Tal steht. Es ärgerte den Glöckner über alle

Maßen, dass die Glocken von St. Martin wegen ihrer Höhenlage weiter zu vernehmen sein sollten. Das wollte und konnte er nicht wahrhaben. Denn erstens waren seine Glocken größer und schöner, und die Kraft seiner Muskeln konnte es mit dem Schwächling da oben allemal aufnehmen. Dieser schmächtige Martinsglöckner war ein dünner Hänfling. Er war überhaupt kein richtiger Glöckner. Eigentlich war er Hausdiener bei dem strengen Herrn, war Gärtner und Weinküfer für die kirchlichen Wingerte. Er hingegen, der Liebfrauenglöckner, war ja ein astreiner Glockenschwinger.

Einmal im Jahr, wenn in der Sylvesternacht alle Glocken in der kleinen Stadt am Rhein gleichzeitig läuteten, da hatte er es dem auf dem Martinsberg aber gezeigt. Lange zuvor hatte er sich vorbereitet auf das Neujahrsläuten, hatte sich einen Plan zurechtgelegt, wie er es wohl schaffen werde, den Konkurrenten auf dem Martinshügel auszustechen. Damit er nicht jede seiner Glocken einzeln in Gang zu halten hatte, besorgte er kräftige Seile, die er an ihren Enden um die Glockenkronen legte und dort verknotete. Es müsste doch möglich sein, die Seile zusammenzuführen und dann nur noch das verknotete Bündel der Seile zu ziehen. Freilich musste er jede Glocke zuvor erst einmal anstoßen. War sie erst einmal in Bewegung, würde der Kniff mit dem Seil funktionieren. Und das tat er denn auch. Es war eine kalte und klare Sylvesternacht. Der Strom war im Eis erstarrt. Nichts rührte sich in den Mauern der Stadt. Die Sterne waren zum Greifen nahe. Hie und da dämmerte ein Licht in den Fenstern. Dort saßen die Menschen beisammen, um das neue Jahr zu begrüßen. Der Atem gefror dem Adam vor dem Munde. Er war sicher, es werde ihm bald warm werden, wenn es erst Mitternacht werde, weil er dann endlich seine neue Erfindung mit den Glockenseilen zum Besten geben konnte. Bis dahin galt es auszuharren und frieren.

Es fror ihn dermaßen, dass er seine Arme ein ums andere Mal kräftig über Kreuz um seinen Körper schlug, damit das Blut in seinen Gliedern nicht steif werden sollte. Dabei stieß er befreiende Laute aus. Man konnte es draußen in der Stille der Nacht auf dem Friedhof vor dem Gotteshaus vernehmen. Aber da war niemand. Und den Toten war das ohnehin gleichgültig, was auf der Erde geschah. Nur seine liebe Mutter, die dort schon ein gutes Dutzend Winter unter dem Erdhügel lag, der sollte es nun nicht gleichgültig sein, wenn er hier oben seine große Stunde erwartete. Noch klangen ihm die gestrengen Worte des schwarzen Herren in den Ohren, der in der Sylvester-Schlussandacht eine regelrechte Abrechnung vornahm. Es war eine Generalprobe zum Jüngsten Gericht. In markigen und abgehackten Sätzen schleuderte der seiner Gemeinde von Sündern die wahre Hölle entgegen. Seine Strafpredigt hallte im hohen gotischen Innenraum, als spreche Methusalem aus der Gruft der Toten.

Es herrschte eine atemlose Stille. Die Kanonade traf die kniende Schar der Gläubigen mit solcher Vehemenz, dass es keiner auch nur wagte, sein Haupt zu erheben, geschweige denn, dem Prediger in die Augen zu sehen. Alle waren seine Beichtkinder. Er kannte sie bis in die Wurzeln ihrer geheimsten Begierden. Und all die Schmach, die er wortgewaltig verkündete, war eine anonyme Anklage gegen das Häuflein Mensch, das im Angesicht Gottes so erbärmlich schwach in den Kniebänken kauerte. Niemand räusperte sich, jeder hielt sein Hüsteln zurück. Es war gerade wie der vorweggenommene Bußgang durch das Fegefeuer.

Es gab unter den Gläubigen jedoch eine einzige Ausnahme. Der Glöckner oben auf der Orgelempore grinste respektlos über das ganze Gesicht, als der strenge Gottesmann auf der Kanzel seine Jahresabrechnung hielt. Adam hatte gut grinsen. Kein Lichtschein hätte ihn offenbart. Er saß im Dunkeln und blickte sogar auf seinen Dienstherrn herab. Und er wusste genau, der, der wie ein gestrenger Altvater predigte, war in Wirklichkeit auch nur ein Mensch wie er. Denn Adam hatte seinem Herrn einmal aufgelauert, als dieser in der Sakristei heilige Handlungen vollzog. Er hantierte mit Kelch und Monstranz, mit Stola und Messgewand, als ihm ein kräftiges Rülpsen entglitt. Um ein Haar hätte sich der Glöckner, der sich hinter einem Vorhang verdeckt hielt, verraten.

Er hielt sich mit der Hand den Mund zu, um sein schadenfrohes Lachen zu unterdrücken. Jetzt war er sicher, dass es kein Gott war, der zu den Sündern sprach, nicht einmal ein Halbgott. Adam fühlte plötzlich, dieser Nichteinmalhalbgott war Saulus, sein leiblicher Vater. Dann wiederum befielen ihn Zweifel.

Die Jahresabrechnung war vorüber, der Kirchenraum leer. Adam versah seinen Dienst heute mit besonders würdevollem Gesichtsausdruck. Er löschte die Lichter und half dem Herrn wortlos aus dem Messgewand.

„Ich will um zwölf ein ordentliches Glockengeläut hören."

Der Glöckner nickte mit dem Kopf. Dabei dachte er an seine Erfindung, an seinen Seiltrick. Irgendwann in der nächsten Stunde würde am Pfarrhaus ein Lichtsignal zu sehen sein. Das war das verabredete Zeichen. Wenn er das Lichtsignal sah, war es die Aufforderung zum Läuten. Das Licht bestand aus einer Öllampe, die hin und her geschwungen wurde. Denn bewegliches Licht war auf diese Entfernung jedenfalls unschwer zu erkennen. Sollten sich doch die Studierten und die Gelehrten den Kopf zerbrechen, wann genau die Schwelle des neuen Jahres überschritten ist. Für einen Glöckner genügte es, wenn jemand durch ein Signal bedeutete, der Zeitpunkt sei gekommen. Alles andere war nicht seine Sache. In aller Ruhe hatte sich Adam all das zurechtgelegt, was er zum Mitternachtsgeläute brauchen werde. Dazu zählte selbstverständlich ein Stück Speck und ein Stück Brot. Den Wein, den er für diesen Zweck schon Wochen zuvor im Turm deponiert hatte, konnte er heute freilich nicht trinken. Die eisige Kälte hatte den Wein zu Klumpen gefrieren lassen.

Und während seine Gedanken die allermerkwürdigsten Geschichten konstruierten, warf er wie gewohnt einen Blick nach draußen in die sternklare Nacht. Zum Donnerwetter dachte er bei sich, es ist ja schon Neujahr. Das kommt davon, wenn man zu viel denkt. In Höhe des Martinsberges, wo er das Pfarrhaus vermutete, wurde eindeutig eine Laterne hin und her bewegt. Schon hetzte er von Glocke zu Glocke, schubste sie mit einem kräftigen Schwung in Bewegung.

Dann griff er stolz zu dem Bündel aus Seilen und zog daran aus Leibeskräften. Er spürte, wie die Kraft seines Körpers sich auf die Glocken übertrug. Immer kräftiger wurden die Schläge, und die Folge der Schläge wurde immer kürzer. Und wieder erfuhr der junge Adam oder auch „Pafili" das innere Gefühl von tiefer Zufriedenheit, wie es warm wurde in seiner Seele. Jetzt konnte er der ganzen Menschheit zeigen, was in ihm steckte. Er, der Glöckner von Liebfrauen hat jedem, der es vernehmen konnte angezeigt, jetzt in dieser Minute hat die Erde ihren Lauf vollendet.

Zur gleichen Stunde kam ein angetrunkener Stallknecht den Ellig von Damscheid herunter. Er schwankte von der einen zur anderen Seite des Weges grad auf das Pfarrhaus auf dem Martinsberg zu. In der einen Hand trug er eine Öllaterne, in der anderen die längst ausgetrunkene Tresterflasche. Man musste doch gegen diese eisige Kälte etwas unternehmen. Und überhaupt war bald Prosit Neu..eu..jahahr.

Alle hatten sich gewundert, dass die Liebfrauenglocken so früh und vor allem so freudig das neue Jahr eingeläutet hatten. Nun blieb auch dem schmächtigen Martinsglöckner nichts anderes übrig, eiligst auf den stumpfen Turm zu steigen und seine Glocken ebenfalls in Bewegung zu setzen. Die Menschen traten vor ihre Häuser und entzündeten allerlei Freudenfeuer. Sie riefen sich „Prosit Neujahr" zu und traten aufeinander zu und reichten sich die Hände oder küssten und umarmten einander. Da blieb auch dem Pfarrer im Pfarrhaus auf dem Martinsberg keine andere Wahl, als das verabredete Lichtsignal zu geben. Adam auf dem Liebfrauenturm konnte das jedoch nicht sehen. Der war zu sehr mit seinen Glocken und mit seiner Erfindung beschäftigt, die tatsächlich zum ersten Male zum Wohle der Stadtbevölkerung zum Einsatz gekommen war. Wenn man es genau nahm, war in Oberwesel in seiner über Tausendjährigen Geschichte einmal ein Jahr zu kurz und demnach das folgende Jahr zu lang geraten. Den eilfertigen Glöckner störte das überhaupt nicht. Was sind denn schon zwanzig Minuten in der Geschichte dieser Erde? Das würden weder die Gelehrten bemerken und somit auch nicht aufzeichnen. Bestenfalls würde es im Kloster in dem schmalen, unschuldigen, schweinsledernen Büchlein dokumentiert werden. Aber dazu war es nicht mehr gekommen. Dafür hatte er gesorgt. Bevor er das Kloster endgültig verließ, stibitzte er das Schweinslederne auf die ihm bekannte Weise aus der Lade. Es war für ihn der einzig belegbare Beweis für seine Existenz. Er versteckte es unter einem lockeren Dielenbrett des grob gezimmerten Holzfußbodens unter seiner Liegestatt. Für ihn bedeutete der Eintrag seiner Existenz ein Pfand, den er in seinem späteren Leben einmal gegen den Abt verwenden könnte. Der würde es irgendwann sicher vermissen. Spätestens dann, wenn das Dokument benötigt würde, um wichtige Ereignisse nachzutragen. Das könnte Jahre dauern. Sollte das verflixte „Corpus Delicti" vermisst werden, würden sich zunächst die Mönche gegenseitig verdächtigen, und kaum einer würde ihn in Betracht ziehen. Selbst bei einer Durchsuchung seiner Behausung würden sie es nicht finden. Sie würden seine Schlafstatt auseinandernehmen und seine

übrigen Habseligkeiten in Augenschein nehmen. Auf die aus-
gefallene Idee, unter den Dielen des Fußbodens zu suchen,
würden sie wohl nicht kommen. Seine einzige Sorge war, sie
würden ihn zur Beichte zwingen. Dann müsste er eine Not-
lüge benutzen.

Die Leute von Kirchhausen

Die Leute von Kirchhausen, jenem Straßengeviert im Schatten des Liebfrauenturms, litten übergroße Not. Die mächtigen Stadttore wurden geschlossen, und bewaffnete Söldner hielten Wache auf den Zinnen der Ringmauer. Die Felder vor den Toren durften nicht bestellt werden, selbst die Ernte auf den Äckern verdarb. Die Vorräte in den Scheunen schwanden zusehends. Schon begannen die Menschen, zu hungern. Nur das Vieh wurde noch voll versorgt, weil es in guten wie in diesen Zeiten den Menschen diente als Zugtiere, als Milchlieferant oder gar als Schlachtvieh. Doch die Brunnen funktionierten auch zu Kriegszeiten. Ihr kühles klares Wasser aus der Tiefe der Erde war oft genug die einzige Labsal für die durstigen Kehlen, denn der Wein durfte nicht getrunken werden. Der sollte als Nottrank für Schwache und als Medizin für Kranke Verwendung finden.

An den Brunnen steckten die Frauen die Köpfe zusammen. Ihre Leinenhäubchen und Kopftücher konnten sich berühren. Hier wurde getuschelt, wurden Nachrichten und Rezepte ausgetauscht. Geheime Gesundbeterinnen machten mit ihren Gebetsformeln gute Geschäfte. Die Mannsleute reparierten Gerätschaften, während die Alten Strümpfe stopften und den Kindern selbst erdachte Märchen erzählten. Das waren Geschichten vom Schneeglöckchen, wie es vom Himmel tanzte und große Freude empfand, bald auf der Erde einen eigenen Platz zugewiesen zu bekommen. Das Schneeflöckchen hatte viele, viele Freunde, die sich gegenseitig zuwinkten und genauso freudig erregt waren auf die Ankunft in einem Blumenbeet oder gar auf einem Dach. Ein Dach wäre natürlich schöner, weil sie dort mehr beobachten könnten. Nein, auf der Straße möchte keines ein Zuhause haben, weil dort die Gefahr bestünde, zertreten zu werden. Zwar würden dort die Kinder mit ihnen spielen und eine Schneeballschlacht veranstalten.

Die Brunnen galten als Lebensader. Sie wurden deshalb besonders gepflegt, weil man erkannt hatte, wie notwendig reines Wasser war, denn Wasserleitungen wie in unserer Zeit waren damals noch unbekannt, obschon bereits zur Römerzeit gemauerte Wasserleitungen existierten. Doch Oberwesel war eben kein Trier oder Mainz und schon gar kein Rom. Das Leben in dem Flecken am Rhein war von Sorge geprägt. Was würde die Zukunft bringen? Wie lange noch würde die Bedrohung durch feindliche Horden dauern? Immer, wenn ein verwegener Kurier aus Bacharach oder gar von den Hunsrückhöhen den sicheren Mauerring in Oberwesel erreichte, dann blühte die Fantasie in den Gruselgeschichten erneut auf. Man redete vom Nebelgespenst im Lützelbachtal, das den Müllern das Wasser mit einem Handstreich abgegraben habe. Und am Vogelsnack hätten sieben Raben einem einsamen Wanderer die Augäpfel ausgepickt. Der irre nun mit der „Keez" auf dem Buckel durch den Wald. Und „wer ihn sieht, dem geschieht Unheil."

Jedes Mal, wenn ein Bote solcherlei Geschichten mit geheimnisvoller Stimme und gestenreichen Bewegungen verkündete, wichen die Menschen entsetzt zurück, um ihn jedoch sogleich zu bedrängen, ihren Wissensdurst durch weitere Beobachtungen zu befriedigen. Ein geschickter „Beobachter" ließ sich nicht drängen, zumal er von dem wenigen, das die Bürger besaßen, immer noch etwas abbekam. Bei einer warmen Gemüsesuppe und einem Kanten Brot tischte er weitere Gräueltaten auf. Er berichtete von fremden Horden, die einen Mann aus einem Seitental von Bacharach aus dem Wingert zerrten, damit der ihnen ein Fass vom besten Wein aus dem Keller übereigne. Der Bote hielt inne und schob erst einmal drei Löffel von der würzigen Gemüsesuppe in den Mund, biss einen kräftigen Happen von dem hausgebackenen Brot, und noch während er kaute und schluckte, fuhr er bedeutungsvoll fort. Der brave Mann bei Bacharach wehrte sich heftig mit seinen Händen und vielerlei Wortgeschrei. Doch sie verstanden ihn nicht, weil sie seine Sprache nicht beherrschten. Er war gar kein Winzer, nur ein Tagelöhner und besaß auch überhaupt keinen Wein. Darauf plünderten sie seine Behausung, übergossen sie mit Pech und übergaben seine ganze Habe dem „roten Hahn." Ihn selbst haben sie gevierteilt. Weib und Kinder hatten noch rechtzeitig bei einem Schinder Unterschlupf genommen.

Während der Schauergeschichten des noch kauernden Hunsrücker Boten hatten die Mütter ihre überneugierigen Kinder nach hinten zur Großmutter beordert, damit der Nachwuchs keinen seelischen Schaden erleiden sollte. Die Großmutter erzählte, mit den Händen ihre Worte unterstreichend aus dem zahnlosen Mund weitere selbst erfundene Märchen. Sie sprach von dem Schutzengel, der unsichtbar über allen Menschen schwebe, vor allem aber über den Kleinen, weil die manches Mal zu tollpatschig seien beim Spielen und Klettern. Zwei kleine Naseweise schauten zum Himmel und strichen mit der Hand über ihre Köpfe, um den Schutzengel anzurühren. Dann wollte eines der strahlenden Kleinen wissen, ob der Schutzengel auch über dem Adam schwebe. Die Zahnlose nickte zustimmend mit ihrem weißen Haupt.

„Müssen Schutzengel auch schlafen, essen Schutzengel auch Haferbrei?"

Die Alte lächelte mit ihren lustigen Äuglein und verzog ihr Gesicht, wobei sie ihr spitzes Kinn nach oben richtete. Weil sie mit Haferbrei essenden Engeln nicht weiter kam, erzählte sie die Geschichte von der Kastanie und von der Nuss. Eine Kastanie war vom Baum gefallen und plumpste in ihrem grünen zackigen Mantel auf die Erde. Dabei zerplatzte der Mantel, und es kam ein wunderschönes, braun glänzendes Etwas aus der Schale mit einem hellbraunen, deutlich sichtbaren Fleck auf der Haut zum Vorschein. Da sagte die Nuss, die ebenfalls bei dem stürmischen Wind von ihrem Nachbarbaum herunter geweht wurde und just neben der Kastanie zu liegen bekam zu dem glänzenden Etwas:

„Sag an, was hast du denn da auf deinem Bauch?"

„Das ist mein Nabel."

„Du gefällst mir, wollen wir zusammenbleiben und vielleicht sogar Kinder kriegen?"

„Au ja, das machen wir, das gibt dann Kastaniennüsse."

Da lachten die Kinder allesamt, weil es – ätsch - überhaupt keine Kastaniennüsse gibt.

Der Glöckner von Liebfrauen indes ging seinem Dienst auch während der Belagerung der Stadt nach. Kirchhausen war zwar schwächer befestigt als der alte Stadtkern. Deshalb lebten die Bürger im Vorhof der Stadt ständig in Angst. Niemand wagte auch nur einen Schritt aus einem der mächtigen Stadttore. Man sagte, im Gebüsch am Ufer lägen wilde Gesellen, die nur darauf warteten, dass jemand die Stadt verlasse. Auch im Wallgraben auf der Bergseite, dem Michelfeld, will man Landsknechte mit allerlei eisernem Kriegswerkzeug gesichtet haben. Die Schönburger hatten zwei ständige Kundschafter auf den Türmen postiert. Der eine schaute ins Rheintal von der Pfalz bei Kaub bis stromabwärts zum Rossstein, wo der Rhein eine Biegung nach Norden macht. Der zweite Ausguck beobachtete die Landseite, vor allem die Zugbrücke, die die Burg mit dem Bergrücken gen Süden verband. Zwar hielt man die bewegliche Brücke an die Burg gelehnt, wo ein tiefer Graben die Festung schon durch die nach Süden gewandte wuchtige Mantelmauer uneinnehmbar machte.

Zur Stadtseite hin gab ihr der steile Felsabhang zur Elfenley einen natürlichen Schutz. Wenn Bewegung im Gelände ausgemacht wurde, verständigten die Schönburger ihre Bürger in der Stadt mit Signalfahnen. Es führte auch ein geheimer unterirdischer Gang von der Schönburg bis hinunter zum Roten Turm. Den hat zwar bisher niemand gesehen. Doch gab es Botschaften von der Burg, die eindeutig auf eine solche Verbindung schließen ließen. Adam sann droben auf dem Glockenturm oft über die Belagerung nach. Er sah die Feinde nicht. Die Leute sagten, sie bewegten sich nur in der Dunkelheit. Noch traute Adam seinen eigenen Augen. Und die sagten ihm, wo man nichts sieht, da kann doch nichts sein. Das war seine felsenfeste Überzeugung. Und während er mit sich selbst Zwiesprache hielt beim Geläut, da war es, als ob der heilige Jakobus von der rechten Säule vor dem Lettner zu ihm spreche. War's eine kluge Eingebung durch den Heiligen oder eine listige Finte seines eigenen Kopfes? Hatte er vielleicht zu sehr von dem verbotenen Messwein geschlürft? Er tat das nämlich immer wieder sehr genüsslich, obwohl er seit dem Sturz im Glockenturm fest entschlossen war, nie mehr rückfällig zu werden. Ja, er hatte sogar den in der Sylvesternacht zu Eis erstarrten Messwein im Frühjahr, als der sich wieder zu seiner flüssigen Form zurückgebildet hatte, dem Messwein in der Sakristei beigegeben. Sein Dienstherr hat es unbemerkt hingenommen.

Sollte ihn hinter seinem neuen Vorhaben wieder eine Strafe Gottes erwarten? Er wusste genau, der Wein ist knapp und Nachschub nicht in Sicht. Und Brunnenwasser bis zum Tode, das wollte er nun erst recht nicht trinken. Andererseits hingen draußen vor den Toren der Stadt die längst reifen Trauben und warteten vergebens auf die Lese.

Noch in derselben Nacht hantierte Adam in seiner Kammer mit geheimnisvollen Dingen. Er gönnte sich kaum ein paar Stunden Schlaf. So sehr beschäftigte ihn sein Vorhaben. Er konnte den Tagesanbruch kaum erwarten. Mit offenen Augen lag er auf seinem Lager und stierte bewegungslos an die Decke seiner Kammer. Viel zu früh machte er sich auf den Turm zum Morgenläuten. Es war ein Freitag und Ende Oktober. Und die schwarz gefiederten Turmbewohner flatter-

ten wild beim ersten Glockenschlag hinaus aus den Turm-
öffnungen und stürzten sich pfeilschnell in die nahe gelegenen
Weinberge, in denen die vollreifen Trauben nun schon seit
Wochen vergebens der Ernte harrten.

Adam beendete das Geläut vorzeitig. Eilends huschte er
über die Orgelempore und hinab über die gewundenen Stein-
stufen ins Mittelschiff. Ohne auch nur einen einzigen Blick
auf den Altar zu verschwenden, schlurfte er dem Ausgang zu.
Im stadtseitig gelegenen Kreuzgang begann er förmlich, zu
hasten. Seine Bewegungen ließen erkennen, hier hatte es einer
besonders eilig. Und so verschwand er in seiner Behausung,
die nur einige Schritte im Schatten des Mittelbaues lag. Doch
bevor er sich auf sein Lager bettete, verließ er noch einmal
seine Stube, schritt in der Vollmondnacht hinaus zur Stadtbefestigung. Dort hielt er Ausschau nach einer zerbröselten
Stelle im Mauerwerk. Doch er fand keine. Dann wusste er von
dem Sehschlitz in der Ringmauer, die in Kirchhausen nicht
die Stärke des um den Stadtkern erbauten mächtigen Walls
hatte. Das konnten die Feinde von draußen freilich nicht er-
ahnen. Mit bloßen Händen und mithilfe eines ellenlangen
eisernen, nicht besonders hilfreichen Stiftes kratzte er den
Mörtel Stein für Stein frei, grub mit den Fingern jeden einzel-
nen Stein heraus. Lange nach Mitternacht hatte er auf diese
Weise einen schmalen Durchlass aus dem Mauerwerk ge-
brochen. Die Steine warf er jedoch nicht achtlos ins Gelände,
sondern schichtete sie vor dem Ausstieg sorgfältig zu einer
lockeren Treppenstufe auf, denn sein Ausstieg war in Brust-
höhe, und er musste sich für sein Vorhaben über jene Stufen
nach oben begeben und sich dann später durch den engen
Durchlass zwängen. Bevor er seinen Plan verwirklichen
sollte, ging er zurück in seine Kammer, legte sich noch ein
Weilchen auf sein Lager und schlief tatsächlich ein. Durch
das Gurren der Tauben wurde er wach und machte sich an
sein Vorhaben.

Im Morgengrauen betrat ein kräftiger Mensch im Büßergewand und mit offenem Schuhwerk bekleidet, mit nackten Waden, jedoch mit einer Mönchskutte auf dem Haupt, die Szene. In der linken Hand trug er einen langen Schäferstab, der zuvor aus einer Haselnusshecke frisch geschlagen ward. Unbeobachtet verließ er in der kühlen Morgendämmerung unbemerkt die sichere Stadtbefestigung durch ein nur ihm allein bekanntes Schlupfloch. Furchtlos schritt er zum Strom, von dem er wusste, dass der in das große Meer fließt und dort am Horizont an den Himmel stößt, um die Seelen der Ertrunkenen aufzunehmen. Er schritt zu den Weidenbüschen, wo er die Belagerer vermutete. Was würden die mit ihm anstellen? Würden sie ihn gefangen nehmen oder gar morden?

Oder würden sie ihn mit Pech übergießen, ihn anzünden und als lebende Fackel von dannen jagen? All das ging ihm durch den Kopf. Es kamen ihm Zweifel, ob sein Plan doch zu kühn sei, ob er vielleicht rasch noch den Rückzug antreten solle. Vielleicht war es auch nur eine kühne Idee seines Kopfes.

Er kam erst gar nicht mehr dazu, seine Gedanken zu Ende zu bringen. Wie aus dem Erdboden erstanden, pflanzten sich fünf kräftige Krieger vor ihm auf. Er erschrak nicht schlecht beim Anblick der rauen Gesellen. Sie waren unbewaffnet und ebenso verblüfft wie Adam selbst. Es waren kräftige Burschen, viel jünger als er. Sie sahen arg verwahrlost aus. Schweigend blickten sie einander an. Nur die Länge eines großen Morgenschattens trennte sie von dem Fremdling. Der öffnete mit einer raschen Handbewegung seinen Umhang. Und die erstaunten Belagerer erblickten einen nackten Körper, der von oben bis unten mit schwarzen und roten Flecken übersät war. An ihren größer werdenden Augen erkannte er ihre Betroffenheit. Weil er ihre Sprache nicht verstand, konnte er auch nicht ergründen, was sie sich einander zuriefen. Es musste wohl gleichbedeutend sein mit dem deutschen Wort „Pest." Sie schrien es mehrfach und rannten, wie vom Teufel gehetzt von dannen.

Mit großer Erleichterung und innerer Befriedigung quittierte unser Glöckner seinen Sieg über die Belagerer. Er sah ihnen noch eine ganze Weile nach, wie sie Reißaus nahmen. Unterwegs wuchs ihre Schar immer mehr. Aus Angst vor der Pest ließen sie von Oberwesel ab. In Wirklichkeit sind sie das Opfer einer List geworden. Daraufhin schlich sich Adam wieder in die Stadt, eben durch das von ihm mühsam erweiterte Guckloch, wusch seinen Körper mit Seife und betrat kurz darauf seine Kirche. Er glaubte an sich, und er tat gut daran, auf die Eingebung des heiligen Jakobus gehört zu haben. Doch in erster Linie erlaubte er sich einen Extrakrug Messwein als Belohnung für die Errettung der Stadt. Nachdem er ein kurzes Dankgebet in Richtung Altar sandte, hastete er eilends auf den Glockenturm und griff in die Seile wie ehemals zu Sylvester. Jeder sollte von ihm erfahren, dass er die Stadt mit einem kühnen Streich befreit hatte.

Es sprach sich herum wie ein Lauffeuer. Der Glöckner hat uns gerettet. Man brachte ihm Schinken und Eier und Wein in seine Behausung als Dank für die mutige Tat. Doch, was ihm viel mehr am Herzen lag, das waren die Reben, die nun endlich abgeerntet werden konnten.

Viel, viel später erfuhren es dann alle, als der Wein aus jenem Jahr verkostet wurde. Die verspätete Traubenlese ergab eine prächtige Spätlese, wie sie niemals zuvor in Oberwesel geerntet wurde. Es war im Grunde eine heilsame Lehre für jeden Weinbauern im Flecken. Seitdem blieben die Trauben Jahr für Jahr einen ganzen Mond länger am Stock, ehe sie geerntet wurden. Denn eine Spätlese würden sie fortan jedes Jahr ernten. Selbst in späteren Generationen würde dies der Fall sein, wenn die Belagerung draußen vor der Ringmauer längst in Vergessenheit geraten sei. Fortan würde jeder Weinfreund beim Genuss einer Spätlese dankbar an jenen Glöckner Adam zurückdenken. Wenn der das zu Lebzeiten erfahren hätte, dann hätte sein Stolz die Ausmaße seiner dicken Glocke angenommen.

Der Schwedenborn war ein Felsüberhang in der Hardtresch. Jetzt konnte er den Ort wieder aufsuchen. Wie eine Höhle weichte der gewachsene Schiefer in das Erdreich zurück. Der Glöckner fand trotz seiner wuchtigen Gestalt in gebückter Haltung noch genug Raum, sich vor neugierigen Blicken zu verbergen. Das Gestrüpp aus Haselnuss- und Birkensträucher gab die Sicht auf das dazu noch von Brombeerhecken umrankte Versteck ohnehin auf den ersten Blick nicht frei. Die feuchte Felsnische soll im Dreißigjährigen Krieg Unterschlupf schwedischer Landsknechte gewesen sein. Aber das kümmerte den Glöckner wenig. Ihm genügte es, das unwegsame steilwandige Gelände als geheime Sammelstelle für Diebesgut zu nutzen. Genau über dem Felsvorsprung stand eine wuchtige Linde, als ob sie den geheimen Ort, der wohl früher einmal als Quelle diente, bewachen wollte. Sie ragte mit einer leichten Neigung über den Abhang. Bäuchlings umklammerte der Glöckner bei seinen Beobachtungen den schräg nach der Hangseite gewachsenen Lindenstamm und gab sich im Wind wiegend seinen Träumen hin.

Wenn der Baumstamm mit dem Glöckner eine Einheit bildete, war auch der nicht auszumachen. Auf diese Weise verschmolzen Körper und Holz. Von hier weitete sich der Blick über Dächer und Mauern, über die Gassen, Plätze und Türme. Seit es die Soldatenknechte nicht mehr gab, kam er häufiger zu dem verschwiegenen Platz. Dabei bastelte er im Unterholz Schlingen aus Weidenruten. Manchmal hatte er sogar Glück. Dann zappelte ein Hase in der Schlinge. Einmal fand er ein junges Reh darin. Es war noch warm und zuckte nur, als er ihm mit seinem groben Messer die Kehle durchschnitt. Es sollte niemand außer ihm von seiner Beute erfahren. Deshalb ging er erst nach dem Abendgeläut hinauf auf seine Linde und wartete die Dunkelheit ab. Der Neumond kam ihm gelegen. Verhüllt in einem Kartoffelsack trug er seine Beute klammheimlich hinunter ins Tal. Dann hinauf über den Elfenleyrücken geradewegs in seine Behausung.

Das Regal des Todes

Das Leben nach dem Leben beginnt bereits im Leben, weil hier die Voraussetzungen geschaffen werden für das Leben nach dem Leben. Diese Erfahrung sollte auch der Glöckner machen. Freilich auf seine Weise.

Adam hatte in einem flüchtigen Anflug von Ausgelassenheit auf dem nahen Liebfrauenfriedhof neben einem lichten Strauchwerk einen lehmverschmierten, rundlich ovalen Gegenstand entdeckt. Flugs nahm er einen kurzen Anlauf und trat voll Freude dagegen, dass der Gegenstand wie ein Ball über die Grabhügel flog und genau vor den Füßen seines gestrengen Dienstherren, der gerade in diesem Augenblick um die Ecke bog, liegen blieb. Als Adam ihn erblickte, erschrak er sichtlich. Er wurde blass und hatte sofort ein schlechtes Gewissen. Denn jetzt war auch ihm bewusst, dass er nicht etwa einen Ball, sondern einen richtigen Totenschädel mit seinem Fußtritt traktiert hatte. Er senkte seinen Blick und murmelte etwas vor sich hin. Es sollte wohl eine Entschuldigung sein. Abermals stellte sich bei dem armen Adam das Begehren ein, diesen jetzt losdonnernden Rachegott zum Zwerg zu verwandeln, ihm lange Ohren wachsen zu lassen oder wenn das nicht möglich war, ihn im Nachthemd und barfüßig sich vorzustellen. Aber weder das eine noch das andere wollte ihm gelingen. So blieb ihm keine andere Wahl, die mit Sicherheit zu erwartende Schelte über sich ergehen zu lassen.

Das Donnerwetter seines Herrn traf ihn unvermittelt mit solcher Härte, dass ihm Hören und Sehen vergingen. Mit Tod und Teufel und Donner war es diesmal nicht getan. Es mussten auch Verdammnis und Fegefeuer her, Sühne und Buße, das werde er schon sehen, all das werde über ihn kommen, ein ganzes Leben lang. Es war nur eine kurze Begebenheit. Sie dauerte noch keine drei Minuten. Aber er sollte nach dem Willen seines schwarzen Herrn den Rest seines ohnehin bescheidenen Glöcknerlebens mit einem schlechten Gewissen herumlaufen und für seine Freveltat Buße tun. Die Buße bestand darin, alle Totenschädel in der Schädelkammer unter dem Altarraum, tief unter der Erde fein säuberlich aufzubewahren. Da hatte er sich was eingebrockt!

Ein unbedachter Fußtritt machte ihn zu Lebzeiten zum Schädelsammler. Seit dieser Begebenheit säuberte er jeden der aufgefundenen Schädel. In dem stickigen und stockfinsteren Kellergewölbe schauderte es ihn jedes Mal, wenn er mit dem spärlichen Öllicht den furchteinflößenden Raum betrat. Er wagte kaum, zu atmen. Der Geruch von Moder fiel ihn an. Und wenn er nicht so besessen auf das Glockenläuten wäre, hätte er sein Bündel genommen und wäre weiter gezogen. Aber es hielt ihn auch die Grabstätte seiner lieben Mutter zurück, die seit Jahren im Schatten der Liebfrauenkirche ihre Ruhestätte gefunden hatte. Auf einem grob gezimmerten Holzregal fügte er Schädel an Schädel nebeneinander und hintereinander und übereinander, genauso wie er im Herbst zuhause die Äpfel für den Winter aufbewahrte.

Längst war in Kirchhausen die Kunde vom Glöckner und seiner Schädelsammlung in aller Munde. Die Bewohner mieden seine Nähe. Die Vergänglichkeit des Fleisches verursachte zu allen Zeiten Unbehagen in den Köpfen der Menschen. Man lebte leichter ohne den Gedanken an den eigenen Tod und an das, was hinterher geschieht. Adam „Pafili" hatte den Glauben an die Auferstehung des Fleisches lange aufgegeben. Wer in seinem Schädelverlies einmal Quartier bezogen hatte, den würde niemand mehr hervorholen. Dafür hatte er vorgesorgt. Mit einem einfältigen Kniff, bestehend aus klebrigem Honig und Bienenwachs klebte er alle Totenschädel aneinander und dazu nochmal auf dem Holzregal fest. Für ihn war es das Regal des Todes. Schon nach kurzer Trockenzeit ließen sich die Schädel nicht mehr voneinander lösen. Wenn schon Auferstehung, dann bitteschön alle gemeinsam und nicht nur irgendein Wohltäter oder ein Frommer vergangener Zeiten.

Und solange das nicht geschah, blieb er bei seiner Meinung. Dabei kam es ihm überhaupt nicht in den Sinn, dass er sich außerhalb der kirchlichen Lehre begab. Doch jedes Mal, wenn er das Apostolische Glaubensbekenntnis betete, verließ ihn seine Stimme an der Stelle, da es heißt: „Ich glaube an ... die Auferstehung des Fleisches." Und er musste dabei an seine geheime und nur ihm bekannte Gegenmaßnahme denken. Damit hatte er dem Apostolischen Glaubensbekenntnis seinen persönlichen Riegel vorgeschoben. Irgendwann in künftigen Zeiten würde die Menschheit auf ihn aufmerksam werden, wenn am Jüngsten Tage einige Oberweseler ohne Kopf vor dem Richterstuhl erscheinen. Das würde Erstaunen, Verblüffung und ein Gezeter hervorrufen, wie es in der ewig langen Geschichte vor Gottes Thron bislang noch nie vorgekommen ist. Hoffentlich würde Gottvater die kopflosen Oberweseler überhaupt aufnehmen. Er stellte sich vor, die müssten zurück ins Fegefeuer. Das wäre wahrlich nicht auszudenken, und er, der Glöckner hätte sich erneut schuldig gemacht und müsste sich dereinst vor Gott verantworten.

Kurz nach dem Morgenläuten machte sich der Glöckner auf und schritt mit einem unter seinem linken Arm zusammengerollten Kartoffelsack hinauf auf das Michelfeld.

Zu dieser Stunde begegnete ihm niemand. Wer sollte sich denn auch am 10. November auf den Feldern noch zu schaffen machen? Um die Mittagszeit noch rechtzeitig zum Mittagsgeläut war er wieder zurück, vollgeladen mit einer geheimen Fracht. Und wer ihn jetzt gewahren sollte, hätte sicher gedacht, was ist das doch ein fleißiger Mann. Manch einer mochte ihm nicht in die Quere kommen und bog kurzerhand in ein Seitengässchen, denn schließlich sah es aus, als trüge er einen Sack, gefüllt mit lauter Totenschädel auf seinem Rücken.

Den ganzen Tag ward er nicht mehr gesehen, weder auf dem Friedhof noch in der Liebfrauenkirche, wo es genug Arbeit gab im Dienst an der Gemeinde. Nein, er verließ das Haus nur zu den Läutstunden, um geschwind wieder in seine Klause zurückzukehren. Dort arbeitete er fieberhaft an einer bestimmten Sache.

Seit es den heiligen Martin gibt, wurde in Oberwesel am Vorabend des Martinstages ein Zug durch die Straßen der Stadt veranstaltet. Bei Einbruch der Dunkelheit bestieg ein als Martin verkleideter Mann ein Pferd und ritt gemächlich unter den Klängen einer Musikkapelle hinauf zum Martinsberg. Schon immer war das ein großes Ereignis für die Kinder, die sonst zu dieser Zeit ins Bett gehörten. Doch heute am Martinstag durften sie einmal länger aufbleiben und mit ihren Eltern oder größeren Geschwistern den Festzug begleiten. Wer ein Licht hatte oder eine Pechfackel, der trug es stolz wie das Leuchten der eigenen Seele vor sich her. Wer geschickt war im Basteln mit buntem Papier, der war besonders stolz über die gelungene eigen konstruierte Laterne. Darinnen wurde von den Erwachsenen eine Wachskerze entzündet. Und der Schein der Kerze leuchtete rot und gelb und blau. Geschickte Hände verzierten die Außenwände der Laterne mit Scherenschnitten frommer Motive. Da gab es Sonne, Mond und Sterne zu bewundern oder ein Kreuz mit dem PX-Zeichen. Auch die Silhouette der „Kirche unserer lieben Frau" war darunter ebenso wie die Martinskirche mit ihrem stumpfen Turm.

Der Glöckner ärgerte sich, weil der bunte Martinszug zur Martinskirche zog, zu seinem Rivalen, der an jenem Abend die Ehre hatte, die Martinsglocken zu läuten, während er untätig in seiner Stube kauerte. Diese Ungerechtigkeit war nicht leicht zu ertragen. Er grübelte seit Tagen darüber nach, wie er in diesem Jahr den Martinsbergern einen Streich spielen könnte, den sie so rasch nicht vergessen sollten. Und dabei hätte er doch noch so viele Verrichtungen auf der Glockenebene zu erledigen.

Er müsste längst mal wieder mit einem feuchten Lappen über die Glocken gewischt haben, um auch den Taubendreck zu entfernen. Aber diese unliebsame Arbeit hat er immer wieder verschoben, weil keiner den Dreck sieht und vor allem nicht hört, denn eine schmutzige Glocke läutet ebenso lieblich wie eine saubere Glocke.

Der fröhliche Zug näherte sich unter vollem Glockengeläut der Martinskirche und dem Martinsbogen, der rechts und links von einer halbhohen Bruchsteinmauer des vorgelagerten Martinsfriedhofes begrenzt wird. Plötzlich erschienen nacheinander sieben Totenköpfe auf der Friedhofmauer. Durch die hohlen Öffnungen zweier Augen, Nasenlöchern und Mund leuchtete ein fahles Licht, das bei Kindern und Erwachsenen Furcht und Schrecken auslöste. Die Köpfe bewegten sich der Reihe nach, als ob sie einen Totentanz vollführen wollten.

Schreiend stoben verängstigte Mütter, Omas und Kinder auseinander und rannten, was die Beine hergaben, den Martinsberg hinunter. Nur der Martin auf seinem Pferd blieb unerschrocken und bewahrte Besonnenheit und Ruhe, obwohl der Mühe hatte, sein Pferd im Zaum zu halten. Mutig ritt er auf die Friedhofsmauer zu und räumte einen nach dem anderen Gegenstand des Schreckens ab. Was er da in Händen hielt, waren nicht etwa Totenschädel, sondern ausgehöhlte Runkelrüben, denen der Liebfrauenglöckner mit einem Küchenmesser Gesichter herausgestochen hatte.

Seit jener Begebenheit wagte sich so mancher vorwitzige Naseweis an die Herstellung eigener „Rummelegesichter," denen dann später ausgehöhlte Kürbisgesichter folgten, wobei die Gesichtsöffnungen mit einem Kartoffelmesser herausgestanzt wurden.

Ein brennender Kerzenstummel im Inneren des Hohlkopfes verbreitete das schaurige Licht. Und manch mutiger Bub bekam dann doch vor seinem eigenen Kunstwerk noch ein bisschen Angst.

Adam „Pafili" freilich verdrückte sich an jenem Martinsabend im Schutze der Dunkelheit und blieb unerkannt. Niemand hatte ihn gesehen. Der Spuk blieb ebenso sein Geheimnis wie das schweinslederne Büchlein und der gestohlene Messwein, ganz zu schweigen von den armen Teufeln, die irgendwann kopflos vor Gottes Angesicht erscheinen werden.

Spuren im Sand

Zwischen dem Glöckner und seinen stummen Heiligen im Gotteshaus existiert ein persönliches Vertrauensverhältnis. Weil er als Glockenschwinger hoch über den Menschen arbeitete und auch viel Freizeit im Turm verbrachte, war ihm der Kontakt zu den Menschen mehr und mehr verloren gegangen. Umso häufiger wandte er sich den Fresken und Heiligenfiguren im Kirchenschiff zu, die seine Sprache verstanden. Mit den Menschen fand er einfach keine Kontakte. Das lag an seiner angeborenen Scheu, an seinem etwas plumpen Äußeren und schließlich an einem Mangel an Gesprächsbereitschaft. Deshalb erwarb er sich den zweifelhaften Ruf eines Eigenbrötlers, der häufig Selbstgespräche führte.

In Wirklichkeit sprach er jedoch mit seinen Heiligen. Eines Tages machte er einen Besuch in der Martinskirche. Das kam ihm so vor wie auf Besuch in einem fremden Land, obwohl er seine Heimatregion nie verlassen hatte. Er fühlte sich wie ein Spion, wie ein Schnüffler, der verbotene Informationen sammelte.

Das Portal war offen, denn es war Samstagabend. In einer Stunde begann die heilige Beichte. Eine schummrige Abendkühle umfing Adam in dem spärlich beleuchteten Raum. Vor dem Seitenaltar kauerte reglos eine schwarz gekleidete ältere Frau. Vor dem Beichtstuhl drängten sich sieben Gestalten in einer Bank. Es war die Sünderbank, die so manchem Zeitgenossen ein unangenehm banges Herzklopfen abverlangte. Nein, zum Beichten kam er nicht in die fremde Kirche. Er war auf der Suche nach neuen Freunden. Einer hatte es ihm besonders angetan. Einer, dem er sich in seiner Körpergröße ähnlich wähnte. Und den suchte er auf. Er wusste, dass der fast eine ganze Wand im Seitenschiff ausfüllte. Dann stand er vor dem monumentalen Wandgemälde des Christophorus, der sich auf seinen Stab stützt und den

Knaben Jesus auf der Schulter durch das Wasser trägt. Mit diesem starken Mann konnte sich der Glöckner in seinen Gedanken prächtig unterhalten. Er war wie er, räumte er ein. Auch er würde den Jesusknaben durch die Fluten tragen können. Und es entspann sich ein reger Gedankenaustausch zwischen den beiden Hünen.

Der muskulöse Christophorus interessierte sich für die Liebfrauenglocken, die viel prächtiger und melodischer klängen als die eigenen Martinsglocken. Das schmeichelte dem Adam. Die beiden verstanden sich gut. Vor allem hatte Christophorus für vieles Verständnis, was der Glöckner von den Menschen in der Gemeinde nicht gerade behaupten konnte.

Ein Mensch von hünenhafter Statur wie Adam „Pafili" wurde häufiger von Hunger geplagt als die Gläubigen im Kirchenraum. Und weil der Lohn eines Glöckners stets bescheiden ausfiel, musste er Vorsorge treffen für sein tägliches Brot. Zwar lebte er von einem Kartoffelacker und einem Gemüsebeet hinter dem Haus, die ihm der geistliche Herr zur Nutzung überlassen hatte. Aber das reichte allenfalls für den schlimmsten Hunger. Bei aller Bescheidenheit konnte es jedoch nicht ausbleiben, Adam verspürte Lust auf Obst und Fleisch und Fisch. Obst besorgte er im Herbst meist vor Tagesanbruch irgendwo im Gelände. Er wusste zwar nicht, wem die Felder gehörten. Er wollte es auch gar nicht wissen. Denn wenn er es gewusst hätte, würde er sich durch sein schuldhaftes Verhalten verraten haben. Außerdem ging er davon aus, kein Mensch würde durch einen Sack Äpfel in seiner Existenz ernsthaft gefährdet werden. Deshalb wechselte er auch die Reviere, um nicht immer nur einen zu treffen. Und somit belastete er sein Gewissen nicht sonderlich. Schließlich war die Ernte so reichlich, dass es den Besitzern sicher überhaupt nicht auffallen würde. Nein, als Sünde betrachtete er seine Raubzüge nicht. Sünde war für ihn Mord und Totschlag. Aber Äpfel und Birnen und sogar die Rebhühner oder Hasen im

Gelände vor der Stadt betrachtete er als sein Eigentum. Er war also neben Glöckner auch noch Fallensteller und für den Hausgebrauch sogar Bauer.

Nur mit dem Fischen wollte es nicht so recht klappen. Entweder lauerte er den Fischen an der falschen Stelle auf oder die Fische waren klüger als er. So kam es, dass er sich häufiger am Rheinufer aufhielt. Das unermüdliche Fließen des Wassers mit den gleichmäßigen Wellenbewegungen schien ihn zu faszinieren. Schließlich war ihm seit seiner Kindheit bekannt, dieser Strom strebt dem großen Meer zu, wobei dieses dann am Horizont den Himmel berührt. Die lang herunterhängenden Trauerweiden und das Rauschen der Pappeln nahmen ihn dermaßen gefangen, dass er fast das Abendgeläut vergessen hätte. Gerade noch rechtzeitig schickte die untergehende Abendsonne einen güldenen Strahl auf den Sandstrand, und der Adam gewahrte seinen eigenen langen Schatten auf dem silbrigen Sand. Da wusste er, dass es höchste Zeit war, zur Kirche zu eilen, um die Abendglocken in Bewegung zu setzen. Noch während er die Stufen zum Glockenturm erklomm, schoss ihm die Lösung seines Problems in den Kopf. Morgen werde er Fisch essen. Jetzt wusste er, wie er es anzustellen hatte.

Noch vor dem Schlafengehen malte er sich in Gedanken aus, wie er aus kräftigen Haselnussstecken eine Fangvorrichtung herzustellen gedachte. Zwei Stecken genau in der Mitte überkreuz verknüpft, sollten an deren vier Enden mit einem Netz verbunden werden. Die Stecken würden sich im Bogen über dem Netz wölben, wobei seine „Drätsche", so nannte er das Gerät, mit einem leichten Balken festgezurrt werden sollte. Im seichten Gewässer werde er das Netz auf den Grund versenken und es nach einer Weile mithilfe eines primitiven Holzbocks unter Ausnutzung der Hebelkraft rasch aus dem Wasser ziehen. Er sah im Geiste schon, wie eine silbrig schimmernde und zappelnde Ausbeute seinen Gelüsten nach frischem Rheinfisch entgegen kam. In aller Frühe stapfte er hinunter zum Flussufer. Auf dem Rücken trug er eine lange Stange, daran die netzbespannte Fangvorrichtung befestigt war. Aber es sollte für ihn weder Fisch zu essen geben noch Fleisch. An jenem Apriltag sollte er überhaupt nichts essen, der Hunger würde ihm im nächsten Augenblick gänzlich vergehen.

Am Ufer angekommen, erschrak er gewaltig. Fast hätte er geradewegs drauf getreten. Da lag ein lebloser junger Mensch mit eingeschlagenem Schädel. Die Füße halb im Wasser, mit dem Gesicht im Sand und die Hände auf dem Rücken gefesselt lag der junge Mann mit blutverkrusteten Kopfwunden am Ufer. Wie angewurzelt rührte sich der Glöckner nicht von der Stelle. Sein erster Gedanke war: „Das ist die Sünde. Das ist die Todsünde."

Der Anblick des leblosen und arg zugerichteten Körpers löste Entsetzen in ihm aus. Er vergaß das Atmen. Wie angewurzelt stand er noch immer da. Blitzartig schoss es ihm in den leeren Kopf. Nur weg hier, weg von dem grausigen Ort des Geschehens. Er ließ seine Fangvorrichtung fallen und wandte sich ab. Mit weit ausholenden Schritten rannte er vom Ufer des Stroms entlang der Weiden und Pappeln hinein in die Stadt. Fast hätte er am Stadttor den verdutzt dreinblickenden Hufschmied überrannt, der fassungslos dem Adam hinterher schaute, wie der schnaubend und mit den Armen rudernd auf seine Behausung zustrebte.

Keuchend stand Adam „Pafili" an seinem Küchenfenster, stützte beide Arme auf die Fensterbank und blickte hinaus in den April, nicht sehend die schwarzen Turmdohlen, die in seinem Gemüsebeet nach Nahrung pickten. In seinem Kopfe häuften sich Fragen. Wer ist das. Wer war das, wer hat so etwas getan. Was muss ich jetzt tun? Läuten, das war's, ich muss läuten. Wenn jemand gestorben ist, muss er immer läuten. Also hastete er zum Kirchturm, nahm nur jede zweite

Stufe, um schneller zur Glockenebene zu gelangen. Dann setzte er die Totenglocke in Bewegung. Und jeder im Ort verharrte kurz, um zu lauschen. Wen mag es diesmal getroffen haben? Wer ist heute vor den Richterstuhl Gottes getreten?

Viel zu spät bemerkte der Glöckner, dass er sich durch das Totengeläut in eine missliche Lage gebracht hatte. Denn niemand hatte ihm den Auftrag dazu erteilt. Aber er konnte die verklungenen Glockenschläge nicht wieder einfangen oder gar zurückholen. Sie waren durch die Turmöffnungen in alle Winde entwichen. Dieselben Turmöffnungen benutzte der Glöckner in dringenden Fällen als seinen persönlichen Abtritt. Freilich durfte der geistliche Herr von alledem nichts wissen. Der Herr im Pfarrhaus neben St. Martin staunte nicht schlecht über das Geläut. Verärgert über die frivole Eigenwilligkeit seines verrückten Glöckners machte sich Hochwürden auf den Weg zur Liebfrauenkirche, um ein erneutes Donnerwetter über dem Glöckner zu entladen. Die Begegnung im Kreuzgang brachte es an den Tag. Das lautstarke Donnerwetter, das über den armen Adam hereinbrach, hätte die Toten auf dem nahe gelegenen Friedhof erwecken können. Hochwürden nannte ihn einen Tunichtgut, eine ungehorsame Kreatur, bezeichnete ihn sogar als Zeck und bezichtigte ihn des Frevels, weil er ein Totengeläut halte ohne Leiche. Da fiel der Glöckner vor dem schwarzen Rock auf die Knie, rang mit beiden Händen ineinander verschränkt um Vergebung und stammelte:

„Ich habe die Todsünde gesehen."

Jetzt wünschte sich Adam, er selbst würde noch kleiner werden als ein Zwerg, er würde selbst lange Ohren in Kauf nehmen und sogar im langen Nachthemd erscheinen, so erbarmungswürdig, dass der Pastor Mitleid mit ihm bekomme oder er wenigstens so winzig erscheine, dass er durch die Beine seines Richters entweichen könnte, um in einem Mauseloch zu verschwinden. Aber da stand ja der Satz: „Ich habe die Todsünde gesehen."

Damit hatte er zugegeben, am Tatort gewesen zu sein. Er beschrieb nun, was er gesehen hatte.

„Ich bin es nicht gewesen, bei Gott, ich war es nicht. Helfen Sie mir, um der heiligen Mutter Gottes willen, helfen Sie mir."

Darauf packte der Priester seinen Untertan am Ohrläppchen, zerrte ihn hoch und zitierte ihn aufzustehen.

„Bitte jetzt nicht an den Rhein, jetzt nicht."

„Und du gehst mit."

„Nein."

„Und ob du mit mir gehst. Auf der Stelle. Und hinterher gehen wir in den Beichtstuhl!"

„Nur das nicht, hoher Herr, wenn ich doch nichts verbrochen hab´, dann verschonen Sie mich bitte mit der Beichte."

„Keine Widerrede - komm."

Adam kam gewaltig in Bredouille und schaute ganz blümerant drein. Und während die beiden eilends zum Ufer schritten, stammelte der Glöckner in sich hinein, dieser Kelch, möge doch an ihm vorübergehen. Seine Stimme klang weinerlich und schier verzweifelt. Wortlos zog der Pfarrherr den Pafili am Rockärmel. So gelangten sie zum Ufer zu jener Stelle, wo der Tote gelegen hatte. Mit beiden Händen verschloss der Glöckner seine Augen. Nein, dieses Bild wollte er kein zweites Mal sehen.

„Du schändliches Geschöpf hast mich hinters Licht geführt. Dafür wirst du nun büßen. Nimm die Hände vom Gesicht und sehe, was ich sehe. Nichts. Keine Leiche."

Zögernd spreizte der Adam seine Finger vor dem verhüllten Gesicht und blinzelte auf die spiegelnde Wasseroberfläche und auf den Strand, wo sein in der Eile weggeworfenes Angelgerät lag. Es gab keinen Toten. Es gab überhaupt niemanden, ausgenommen einem verwunderten Pfarrherrn und einem verwirrten Glöckner, der immer wieder den Kopf schüttelte. Jetzt schalt der schwarze Herr den erstaunt dreinblickenden Adam.

„Wohl übergeschnappt, Übergeschnappte kann ich in meinem Beichtstuhl nicht gebrauchen."

Das beruhigte Adam sehr. Denn Beichten war ihm von Jugend an ein Gräuel.

Am folgenden Tag erzählten die Leute von Oberwesel, man habe am Rheinufer von Bacharach den Leib eines Knaben gefunden, der von Oberwesel stromaufwärts nach Bacharach getrieben wurde. Man erzählte sich wundersame Dinge um den Jüngling.

Der Glöckner jedoch konnte das schreckliche Erlebnis so schnell nicht vergessen. In seiner Not begab er sich wieder zu Christophorus, jenem Fresko in St. Martin. Dem klagte er sein Leid.

„Sag an, Christo, warum lässt du deinen Freund allein. Warum mutest du mir solch schreckliche Dinge zu?"

Christophorus fragte zurück:

„Wie viel Spuren im Sand hast du am Tatort wahrgenommen?"

Adam antwortete wahrheitsgetreu:

„Nur meine Spur, du hast mich allein gelassen. Du warst nicht mit mir."

Darauf Christophorus:

"Du Tor, du konntest nur eine Spur sehen. Es war meine Spur, und ich habe dich auf meiner Schulter getragen."

Das hätte dem Adam eigentlich genügen müssen. Aber er war dennoch verärgert über den Christophorus, und mit diesem Ärger schlich sich erneut die Wut auf seinen leiblichen Vater ein. Gewiss, sein Vater hatte ihn abgeschoben ins Kloster. Doch die Mönche waren umgänglich, haben ihm Lesen und Schreiben beigebracht, haben ihn die Schriften gelehrt und sogar gedeutet. Außerdem hatte sein Vater dafür gesorgt, dass Adam Glöckner in Liebfrauen werden konnte. Auf diese Weise waren Vater und Sohn zusammen. Doch dieses Zusammensein war anders als in den übrigen Hütten. Nie hatte ihn sein Vater auf den Schoß genommen, nie liebkost. Was war denn das für ein Vater?

Er behielt den quälenden Gedanken für sich. Mit wem hätte er auch reden können? Wenn er niemanden hat zum Reden, dann muss er eben selbst darüber nachdenken. Er will noch keine Pläne schmieden, nur theoretisch ausloten, was wäre wenn. Wenn er ihn zum Beispiel auf die Orgelempore locken würde, weil da der Blasebalg ein Riss hätte, und er würde ihn an die Brüstung locken und ihn durch einen Schubs nach unten ins Hauptschiff stürzen. Dann wäre er mausetot. Oder er würde einen Fehltritt im Glockengebälk inszenieren, den würde er auch nicht überleben. Beide Möglichkeiten schloss er sofort aus, weil man ihn verdächtigen würde. Er ist nicht gefestigt genug, ein solches Verhör durchzustehen. Er könnte ihn vom Blitz erschlagen lassen. Aber wie macht man das? Den lieben Gott bitten, seinen Diener des Herrn durch Blitzschlag abzuberufen, nur weil das einem unglücklichen Glöckner in den Kram passt? Nein, das kann er getrost vergessen.

Adam legte sich auf sein Lager, schloss die Augen, um seine Gedanken zur Arbeit zu schicken. Schon hatte er eine neue Variante. Wie wäre es denn mit vergiftetem Messwein? Nein, nur das nicht. Vielleicht würde der schwarze Herr am Altar zusammenbrechen oder noch schlimmer, er selbst würde von diesem Wein mal wieder einen Krug abzweigen. Er war sich bewusst, selbst der Gedanke an einen Mord war schon seit Moses eine schwere Sünde. Wie sollte er damit leben? Dann wieder redete er sich ein, er müsse das innerlich sofort bereuen. Es fiel ihm schwer. Andererseits mochte er auf keinen Fall mit dieser Schuld am Ende seiner Tage vor den

gestrengen Gott treten. Dann lieber zu Lebzeiten eine spür-
bare Genugtuung leisten. Am besten könnte er das durch ein
Glockengeläut bewerkstelligen. Ein Glockengeläut, das alle
Heiligen und alle Engel in wahre Verzückung versetzen
würde.

Der Handstand auf dem Kirchenkreuz

Wenn er nicht den Respekt vor dem Kruzifix scheuen würde, dann hätte er ihn längst gewagt, den Handstand auf dem Kirchenkreuz hoch droben auf dem Hauptschiff über dem Hochaltar der Liebfrauenkirche. Er sagte zu sich, es müsse einfach sein. Die beiden weit ausladenden Arme des Kreuzbalkens waren kräftig genug, seinen starken Körper zu tragen. Und der hoch ragende Kopfbalken würde seinen eigenen Körper vor dem Überschlag wohl schützen. Schwindelfrei war er ohnedies. Schließlich turnte er seit Jahren arglos im Gebälk des Glockenturms, ohne je einen Fehltritt getan zu haben. Und wäre die Sache mit dem gestohlenen Messwein nicht passiert, dann hätte er auch den Sturz auf der Treppe verhindert. Jedenfalls würden ihn die Menschen in der Stadt maßlos bewundern. Sie würden staunend in den Gassen und auf den Plätzen stehen und ihre Arme zum Endpunkt des Liebfrauendomes richten. Niemand sollte ihn anrufen, damit er nur ja nicht erschrecke. Das könnte schließlich zum Absturz führen.

Immer, wenn er den Handstand übte, droben im Gebälk des Dachgerüstes wunderte er sich, dass die Realität auf dem Kopf stand. Die Dachspitze sah er plötzlich unten, und die Glocken hingen nicht, sondern standen aufrecht, als ob sie wie Tulpen den Sonnenschein einfangen wollten. Ob je ein Mensch vor ihm den Mut aufgebracht habe, einen richtigen Handstand mit Stillstand des ganzen Körpers und gerade zum Himmel gestreckten Beinen in schwindelnder Höhe eines Kirchenschiffs zu bestehen? Er sollte der Erste sein. Man würde ihn stürmisch umjubeln. Das würde sein Selbstbewusstsein enorm steigern. Im Grunde suchte er nur Anerkennung. Wenn auch nur einer von denen in den Fachwerkhäusern drunten ein aufmunterndes Wort für ihn übrig hätte, oder wenn der geistliche Herr hin und wieder eine Anerkennung ausgesprochen hätte, nie wäre es ihm in den Sinn gekommen, auf solch gewagte Ideen zu verfallen. Aber sie mieden ihn, ja sie fürchteten sich geradezu vor ihm. Und hätte er vor einiger Zeit die Belagerer der Stadt nicht in die Flucht gejagt, man würde heute noch kaum Notiz nehmen von einem Glöckner. Das sollte anders werden. Jetzt werde er sie zwingen, von ihm Kenntnis zu nehmen.

Im Geiste sah er sich schon, wie er mit ausgestreckten Armen behutsam aber zügig die vierzig Schritte über den Dachfirst absolvierte. Die nackten Füße tasteten sich zielsicher weiter. Ja sie schienen sich auf dem schmalen Grat fest zu saugen. Doch schon im nächsten Augenblick verwarf er den Plan. Es könnte Wind aufkommen, während er auf halber Strecke daher wandelte. Nur nicht nach unten sehen. Wenden und den Rückzug antreten, das käme einer Niederlage gleich. Dann lieber doch nicht. Nein, umdrehen freistehend, das schaffte keiner. Das geht nur am Ziel, nämlich am Haltepunkt des Kreuzes. Mit dem Kreuz im Rücken schafft man alles. Und zugehen auf das Kreuz ist ohnehin einfacher. Seine innere Stimme warnte ihn jedoch, das Kreuz zu besteigen. Es könnten geheime Kräfte darin wohnen. Im Stein des Balkens könnten die Blitze der Gewitter Unterschlupf gesucht haben. Die würden sich an ihm entladen. Nein und abermals nein, mit Naturgewalten wollte er es nun doch nicht aufnehmen.

Dann wiederum verwarf er die Bedenken. Schließlich muss das mächtige Kreuz doch von Menschenhand dort errichtet worden sein. Es war schon eine verblüffende Tatsache. Immer wenn er über einen fußbreiten Holzbalken balancierte, ging er munter und ohne Zögern, solange der Balken auf der Erde lag. Sobald dieser Balken jedoch in schwindelnder Höhe postiert war, schlich sich ein wenig Unbehagen ein. Das wollte er einfach nicht akzeptieren. Da stimmte doch etwas nicht. Er musste das Wort Angst aus seinem Denken verbannen. Angst, so sagte er zu sich, ist doch nur eine Erfindung seines Kopfes. Angst ist doch auf den Kopf gestellter Glaube. Im Grunde war er ein ziemlich furchtloser Mensch. Er stieg nachts über die Gräber des Friedhofes, hantierte mit Totenschädel und fürchtete auch keine Feinde.

Der weiteste Weg beginnt mit dem ersten Schritt. Noch stand er am Turmhaus der Liebfrauenkirche angelehnt auf dem äußeren Grat des Dachfirstes. Vor sich etwa vierzig oder fünfzig Schritte entfernt erwartete ihn das mächtige Kreuz aus Stein. Rechts und links von ihm die stark abfallenden Schieferdächer. Jetzt nur nicht nervös werden. Tief durchatmen und einen Fuß ruhig vor den anderen setzen. Eins und zwei und drei. Es ging reibungslos. Vier, fünf und sechs. Bei sechs fiel ihm das sechste Gebot ein. Er dachte zurück an seinen klösterlichen Freund, der ihn angerührt hatte und dabei schwer atmend in Ekstase geriet. Wenn der das noch einmal versucht hätte, dann hätte er ihm gedroht, auch er werde in das schweinslederne Buch geschrieben.

Jetzt nicht an so etwas denken. Er spürte einen leichten Windhauch von unten. Aufsteigende Winde sind besser als Seitenwind. Es war, als ob ihn der Wind tragen würde, so zielsicher setzte er seine waghalsige Mission fort. Das Kreuz wuchs mit jedem Schritt. Schon konnte er die Struktur des Steins erkennen. Zwölf, dreizehn, hoppla, eine leichte Unsicherheit, doch bestanden, siebzehn, achtzehn. Von unten hörte er Stimmen. Nur nicht reagieren, ganz konzentriert bleiben. Zweiundzwanzig. Raben krächzten irgendwo. Aber das waren doch seine Freunde, die ihm sicher Mut zuschwatzten. Siebenundzwanzig, schon über die Hälfte war geschafft. Bei dreißig ließ seine Konzentration spürbar nach. Er zählte nicht weiter. Die Aufregung vor dem Kreuz beschleunigte seine Schritte, die nun kleiner wurden. Schon gewahrte er die Verwitterungen am Stein. Sonne und Regen von Generationen hatten Spuren hinterlassen. Da sollte er, wenn er sein Ziel erreicht hätte, erst mal mit seinen kräftigen Hand-

flächen drüber wischen. Nur noch zwei oder drei Sätze und -
am Ziel. Er umarmte das Kreuz wie einen alten Freund, den es
für ihn aber nicht gab und schloss für einen klitzekleinen
Wimpernschlag seine Augen.

Sein Herz pochte. Er hörte es bis zum Hals, bumbum,
bumbum, bumbum. Der Herrgott wird ihm wohl verzeihen,
dass er auf diesem Weg zum Kreuz kam. Einst wird er deshalb im Himmel einen Sonderplatz einnehmen. Davon war er
überzeugt.

Weil der Teufel gerne im rechten Winkel wohnt, wurde
im Mittelalter kaum rechtwinkelig gebaut. Niemand wollte
mit dem Teufel unter einem Dach wohnen. Deshalb sind die
Grundrisse der Mauern und Räume entweder im spitzen oder
im stumpfen Winkel errichtet worden. Selbst Decken und
Fußböden verlaufen meist „schief.“ Während er die Winkel
der Kreuzbalken musterte, stellte er mit Entsetzen fest, diese
sind genau rechtwinkelig angebracht. Da wird doch wohl
nicht der Teufel unsichtbar beteiligt sein? Nein, doch nicht am
Kreuz. Nichts meidet der Teufel mehr als das Kreuz. Jetzt
prüfte er mit einem leichten und dann mit einem kräftigen
Ruck die Festigkeit des Kreuzes. Es war stabil. Nicht auszudenken, wenn es seiner Kraft nachgegeben hätte. Dann wäre
er samt Kreuz in die Tiefe gestürzt. Und das hätte er niemals
überlebt. Jetzt sollte der schwierige Teil seiner Aufgabe
folgen.

Eine kurze aber beherrschte Drehung brachte ihn in
Ruheposition. Da stand er nun, das Kreuz im Rücken mit
Blick auf den sich nach oben verjüngenden Kirchturm. Jetzt
nicht denken.

Denken schadet der Konzentration. Alle Gegenstände
hier oben kamen ihm viel größer vor. Nur unten sah er alles
winziger. Jetzt durchatmen. Er spürte, wie die Anspannung in
seinem Körper wich. Und er fühlte neue Kraft in seinen doch
etwas zittrigen Gliedern. Noch einen Augenblick, dann werde

er das Steinkreuz erklimmen und auf dessen weit ausladenden Armen seinen Handstand durchstehen. Er bemerkte nämlich, dass sein ursprünglich vorgesehener Plan nicht durchführbar war. Beim Handstand in der Kreuzesmitte war ihm der Mittelbalken im Weg. Also entschied er sich für einen Seitenarm. Sollte er nun den stromaufwärts weisenden oder den stromabwärts zeigenden Kreuzbalken benutzen? Er entschied sich für Südost, wo der Rheinstrom herkommt. Bruder Johannes hatte ihm beigebracht, wo die Sonne aufgeht, ist immer Osten und wo sie ab Abend verschwindet, ist immer Westen. Wenn er seine Arme ausbreite und die linke Hand nach Osten zeigt, dann guckt er geradeaus nach Süd. Am Hinterkopf liegt dann Norden.

Katzengewandt stemmte er seinen muskulösen Körper mit nach unten gestreckten Armen über dem Querbalken. Ein Hüftschwung rechts brachte sein Bein auf den anderen Balken und im nächsten Augenblick thronte er mitten auf dem Kreuz. Jetzt folgte der oft geübte Aufschwung in den Handstand. Sicher, ganz sicher ragten seine Beine über das Kreuz hinaus. Sofort verkehrten sich die Bilder vor seinen Augen von oben nach unten. Er kannte das bereits und fand es immer wieder komisch, wie sich seine Welt umkehrte.

Was war denn das? Eine weiß gekleidete Gestalt schwebte über den Dachfirst auf ihn zu und sprach:

„Fürchte dich nicht. Du sollst den Herrn, deinen Gott nicht versuchen!"

Das Blut stockte augenblicklich in seinen Adern. Dicke Schweißperlen traten auf seine Stirn. Und seine Handflächen wurden feucht.

„Wach auf", sagte die Stimme. Und in der gleichen Sekunde starrte der Glöckner erstaunt an die Zimmerdecke seines Schlafraumes. Es war ein aufregender Traum, nur eine Laune seines Unterbewusstseins, die sich seiner bemächtigt hatte. Der waghalsige Traum ließ den Glöckner nicht mehr los, nicht an diesem Tag und nicht an irgendeinem Tag. Immerzu redete er sich ein, er muss etwas wirklich Spektakuläres vollbringen. Er wusste, er hat das Rüstzeug dazu. Dann werden die Bewohner dieses Flecken ihm endlich Anerkennung zollen. Eines Tages werde er sie alle dazu zwingen. Er wusste auch schon, wie er das anstellen könnte. Wer mit göttlichen und kirchlichen Dingen zu tun hatte, der sollte auch das Gegenteil kennen lernen. Das waren der Teufel, der Satan und der Gehörnte. Ja, der Teufel hatte viele Namen. Höllenfürst, Antichrist, Luzifer.

Es war ihm bekannt, der mit dem Pferdefuß konnte eines nicht ausstehen, das Kruzifix und Weihwasser. Und das sollten seine, des Glöckners Waffen sein, wenn er dem begegnen sollte. Sein Gewissen warnte ihn, denn dieser Dämon war schon seit Anbeginn der Welt ein gerissener Bursche. Der hatte sogar die Dreistigkeit besessen, den Herrn Jesus zu verführen, als der für vierzig Tage in die Wüste ging, um zu fasten und zu beten. Aber da kam der wohl an die falsche Adresse.

Der Mann in der Ecke

Der Mann saß mit dem Rücken zur Zimmerecke neben dem Hoffenster. Auf dem Kopf trug er seinen schwarzen Hut mit einer auffallend breiten Krempe. Darunter blickten zwei übergroße Augen aus tiefen Höhlen eines fahlen und mageren Gesichtes. Seine Backenknochen standen merklich hervor.

Blutleere Lippen umspannten das ebenmäßige Gebiss, deren Oberkiefer samt Zähnen nach vorne geneigt waren. So wirkte es selbst bei geschlossenen Lippen noch, als würde der Mann lächeln. Er zeigte immer den weißen Spalt seines Obergebisses.

Die schmale Gestalt wirkte fleischlos. Ohne den schwarzen Umhang, den er um seinen Leib geschlungen hielt, hätte man sein Gerippe sicherlich ansichtig werden können. Seine Spindelbeine hatte er übereinandergeschlagen. Das linke Bein lag über dem rechten, und sein linker Fuß wippte leicht auf und ab, was ein Zeichen von Langeweile war oder seine abwartende Haltung verriet. In dieser Pose strahlte er Selbstsicherheit aus, als ob er sagen wollte: Hier gehöre ich hin, ich krieg sie alle. Aber der sagte nichts. Kein Sterbenswörtchen.

Dem Glöckner stank die Sache gewaltig. Kommt als Fremder einfach in meine Kammer, lässt sich gemütlich nieder und macht überhaupt keine Anstalten, sich zu erklären noch zu gehen. Was wollte der eigentlich von mir? Bei mir ist nichts zu holen. Schon überlegte er, ob er ihn nicht einfach auffordern sollte, aber ganz dalli zu verschwinden.

Als ob der Fremdling die Gedanken seines Gegenübers lesen könnte, deutete der auf den Stab, den er in der linken Hand fest umklammerte. Jetzt erst fiel dem Glöckner ein blinkendes Metallteil am oberen Ende des Stabes auf. In der düsteren Stube hatte er der Waffe zunächst gar keine Bedeutung zugemessen. Oder war es gar keine Waffe? Vielleicht war es auch nur ein Werkzeug. Vielleicht war der nur ein herum-streunender Landmann, der den Bauern auf dem Felde von Fall zu Fall aushelfen möge.

Wiederum war es, als ob jener des Glöckners Gedanken erraten habe, denn er zog mit der linken Hand einen Wetzstein unter seinem weiten Mantel hervor und fuhr blitzschnell – ssst – ssst –ssst – über die Schneide seiner Sense. Also, doch ein Landmann, der Quartier suchte.

Ohne mit der Wimper zu zucken, stierte der Fremdling den Glöckner an, abschätzend, taxierend und Besitz er-greifend. Der Glöckner hingegen wurde verlegen. Dem mochte er nicht ins Antlitz schauen. Der kam ihm unheimlich vor. Was wollte der von ihm? In seiner Behausung war wirk-lich nichts zu holen, so schlicht und bettelarm, wie er war. Das musste der doch einsehen. Vielleicht hatte der es auf das geheime Lederbüchlein unter dem Dielenboden abgesehen. Aber woher sollte der wissen, dass er, der Glöckner diesen wertvollen Schatz dort versteckt hielt? Auf jeden Fall würde er sich mit dem angelegt haben, würde er auch nur den Ver-such unternehmen, sich seinen wertvollsten Besitz anzu-eignen.

Dieser wildfremde Kerl sprach kein einziges Wort und tat so, als sei er ein geladener Gast. Pafili sann darüber nach, wie er den Fremdling loswerden könnte. Er könnte versuchen, den Raum einfach zu verlassen, vielleicht würde der Fremd-ling ihm dann folgen. Aber wohin sollte er dann um alles in der Welt? Etwa hinauf auf den Glockenturm? Oder in die Sakristei? Das würde Hochwürden kaum gefallen. In seiner Verlegenheit zündete der Glöckner umständlich mittels eines Fidibus eine Kerze an und stellte sie mitten auf den Tisch. Die kleine Flamme züngelte ganz still in den niedrigen Raum. Die Konturen des Landmannes waren jetzt deutlicher erkennbar. Noch während der Glöckner nach weiteren Lösungen suchte und dabei beide Hände über Augen und Stirn verschränkte, verschwand der Fremdling wortlos, ohne von seinem Gegenüber bemerkt zu werden. Was er von seinem ungebetenen Gast lediglich noch sah, war ein huschender Schatten, gespenstisch, fast dämonisch. Er wusste zwar, dass Schatten eigentlich nichts zu bedeuten hatten. Sie haben nur Umrisse und kein Eigenleben. Sie sind schnell wie das Licht, können die Wände emporklettern und über Mauern springen. Und sie brauchen immer einen Verursacher. Das kann ein Mensch sein oder ein Gegenstand, ein Baum, ein Haus oder ein Turm oder ein Weinkrug. Dazu bedurfte es zum Schatten immer eines Lichtes. Ohne Licht kein Schatten. Das Licht muss seitlich auf den Gegenstand treffen. Wenn der sich dann bewegt, bewegt sich auch der Schatten. Der Schatten aber ist tot, wenn das Licht genau von oben auf den Gegenstand trifft. Oder aber der Schatten müsste sich in die Erde graben. Doch das kam dem Glöckner doch unwahrscheinlich vor. Er beschloss, seine Schattengedanken nicht weiter zu verfolgen. Plötzlich war er wieder allein in seiner Kammer. Alles war so, als sei niemand eingetreten und niemand weggegangen. Aber er hatte ihn genau gesehen, könnte ihn in allen Einzelheiten beschreiben, sein fahles Gesicht, die hervorstehenden Zähne, die schmalen blassen Lippen und seine fleischlose Gestalt mit dem schwarzen Umhang eng um den mageren Körper gewickelt. Auffallend die stechenden Augen und ein Blick, der ihn fürchten ließ, er würde ihm etwas antun. Diesen großen schwarzen Hut mit der breiten Krempe hatte er nie zuvor gesehen. Auf jeden Fall würde er ihn wieder erkennen, sollte er ihm jemals wieder begegnen. Dass er ihm bald schon wieder begegnen sollte, war ihm überhaupt nicht bewusst. Deshalb strich er den Besuch des Fremden einfach aus seinem Gedächtnis. Der war ihm unwichtig. Er hatte keine Forderung gestellt, hatte nichts mitgenommen. Er hatte es nicht auf das Büchlein unter dem Fußboden abgesehen. Das beruhigte den Adam ungemein.

So sehr er bemüht war, den Fremdling zu vergessen, umso mehr musste er sich an jenem Abend in seiner Vorstellung mit ihm befassen. Er begriff, wenn man sich vornimmt, nicht an einen weißen Esel zu denken, dann läuft er einem immer wieder durch den Kopf. Ob hier vielleicht der Begriff „Eselskopf" herrührte?

Adam legte sich früh auf sein Lager, löschte zuvor die Kerze und hoffte auf einen erholsamen Schlaf, denn er hatte am kommenden Tag große Taten zu bewältigen. Doch immer wieder kam der weiße Esel zurück. Selbst im Traum erschien er wieder in der schwarzen Gestalt des mageren Landmannes mit seinem Stab in der Hand und mit dem Wetzstein. Aber anstelle des eingefallenen Gesichtes trug er einen weißen Eselskopf. Was hatte das nun zu bedeuten?

Der Pater Johannes hatte ihm einmal erklärt, ein Traum mache immer glücklich. Wenn es ein unangenehmer Traum sei, also ein Albtraum oder Verfolgungstraum, dann sei der Mensch glücklich, wenn er erwacht und feststellt, es sei ja nur ein Traum gewesen. Wenn man aber einen schönen Traum erlebte, dann sei man bereits glücklich, vor allem nach dem Erwachen, weil ein solcher Traum erholsam sei und Kraft spendend für den neuen Tag.

Die Begegnung mit dem Rhein

Die Begegnung mit dem Rhein, seinen kühlenden Fluten und den vom Wind gekräuselten Wellen hatte den Glöckner seit seiner Kindheit fasziniert. Zwar flößte ihm der reißende Strom, wenn er Hochwasser führte, Respekt ein, weil er von seiner Mutter wusste, sein Vater ist darinnen ertrunken. Aber es trieb ihn dennoch immer wieder ans Ufer. Er baute als Kind Brücken mit Steinen, indem er Stein auf Stein zu einen begehbaren Steg auftürmte. Auf diese Weise konnte er einige Schritte vom seichten Ufer in das Wasser hinein schreiten. Dabei fühlte er sich wie ein Baumeister. Mit Stolz und Begeisterung betrieb er das Spiel bis zum Abend. Doch als er am nächsten Nachmittag wieder zur gleichen Stelle kam, war seine Brücke weg, einfach weg, als ob sie ihm jemand gestohlen hätte. Das machte ihn wütend und traurig zugleich. In Wirklichkeit war der Rhein über Nacht gestiegen, und seine kleine Brücke wurde überschwemmt, sie war vollends unsichtbar.

Es dauerte einige Zeit, bis er das verstand. Wochen später, bei fallendem Wasserstand trat die Brücke dann wieder zum Vorschein. Und da begriff er. Es gab noch einen anderen Grund für ihn, den Rhein aufzusuchen. Einmal waren es die Fische, die er mit seiner „Drätsche" fing, immer nur so viel, dass es gerade für ein Mahl ausreichte. Zum anderen hatte er das Gefühl, vor dem Grab seines Vaters zu stehen. Es war zwar kein Grab mit einem Erdhügel, wie sie die Menschen zu allen Zeiten ihren Verstorbenen bereiteten, nein, sein lieber Vater hatte ein fließendes Grab, eines, das den Körper liebevoll bewegt, ja umschmeichelt und kühlt und ihn sogar in das große Meer befördert, wo es am Horizont an den Himmel stößt, um die Seele aufzunehmen.

Als muskulöser Glöckner fühlte er sich ebenso stark wie Christophorus, der ja auch durch die Fluten schritt, ganz sicher, sogar mit dem Jesuskind auf der Schulter. Es fiel ihm plötzlich ein, der Christophorus hätte bestimmt keinen Messwein gestohlen und auch keine Freveltat mit Totenschädeln begangen. Deshalb wagte der Glöckner nicht, den Strom wie Christophorus zu durchschreiten. Es würde ihn dennoch ungemein reizen, die andere Uferseite zu erreichen, schon allein, weil dort die Sonne aufgeht. Er wollte einmal dabei sein, wenn sich die Sonne über dem Bergrücken erhebt. Er stellte sich in Gedanken vor, wie er einen Eimer mit schwarzer Farbe mitnehmen würde, um die Sonne genau in dem Augenblick schwarz anzumalen, wenn sie just über den Berg lugt. Diesen Gedanken verwarf er aber sofort wieder, weil es dann vermutlich dunkel bleiben würde. Aber mit dem Vollmond könnte er es mal probieren. Einmal aus einem Vollmond zwei gleichgroße Halbmonde zaubern. Noch besser, er male dem Vollmond ein richtiges Gesicht auf, mit zwei Augen, Nase, Mund und zwei Ohren. Dann hätten vor allem die Kinder ihren Spaß und dürften abends länger aufbleiben, um dem Mann im Mond gute Nacht zu sagen.

Es gab noch einen anderen Grund, auf die andere Rheinseite zu gelangen. Es ging ihm um den Pferdekopf im gegenüber liegenden Rosssteinmassiv, einer eigenwilligen Laune der Natur, dem die Menschen übernatürliche Fähigkeiten zuschrieben. Seit ewigen Zeiten bestaunten sie das eigenwillige Schiefergestein auf der gegenüberliegenden Rheinseite, das ganz deutlich einen richtigen Pferdekopf mit beiden Ohren, den Augen, das Pferdemaul und einen Zügel zeigte. Selbst der Pferdehals war vernehmbar. Es war die Natur und keine Menschenhand, die diese Silhouette geschaffen hatte.

Er belauschte einmal die Nachbarn am Brunnen, als er sich in hinreichendem Abstand einer Frauengruppe aufhielt, um einen Pflug zu reparieren. Sie sprachen davon, im Pferdekopf da drüben stecke der leibhaftige Teufel drin. Während all die braven Leute von Kirchhausen übergroße Angst verspürten bei dem Namen des Teufels, regte sich bei Adam eher Trotz.

Er würde es sogar mit dem Gehörnten aufnehmen. Für ihn war der nichts anderes als ein in Ungnade gefallener Engel. Und da drängte sich ihm wieder eine Parallele auf. Auch er war oft genug bei seinem Herrn in Ungnade gefallen. Doch ein Teufel ist er deshalb nicht geworden. Im Gegenteil, er hatte jeden Tag Gutes im Sinn, wünschte weder Menschen noch Tieren Böses. Und Läuten war schließlich eine andere Art von Gottesdienst. Dennoch würde es ihn brennend interessieren, sich mit dem Fürst der Unterwelt einmal zu unterhalten. Vielleicht würde der ihn verstehen und an- erkennen. Er wollte hinüber. Aber wie? Dass Holz schwimmt und auch trägt, das wusste er. Schließlich war sein Vater Flößer. Leider herrschte damals Hochwasser. Hochwasser kam für ihn also nicht infrage. Aber bei geringem Wasser- stand müsste es möglich sein, hinüberzukommen. Frei be- wegtes Schwimmen, wie es die Hunde tun, dazu fehlte ihm die Übung. Es sollten kräftige Balken sein, nur drei, die er dann miteinander verbinden würde. Sie sollten nicht zu lang sein, damit sie sich auch bewegten, wenn er mit seinen kräftigen Armen liegend rechts und links wie Schaufeln in die Fluten greife und sich so fortbewege. Er wollte dem Noah nacheifern, wenn auch nicht mit einem schwimmenden Haus, denn er hatte, nicht die Absicht, Tiere mitzunehmen.

Es fielen ihm die Worte von Bruder Johannes ein, der ihm während seiner Jugend im Kloster versprochen hatte: Wenn es soweit sei, werde er ihm dabei helfen. Aber das war lange her. Bruder Johannes war lange tot. Er starb, wie seine liebe Mutter an der Schwindsucht und beobachtete jetzt viel- leicht gemeinsam mit seiner Mutter vom Himmel das waghal- sige Tun des Glöckners.

Wenn Gedanken die Vorläufer der Taten sind, wird er bald drüben im Rossstein den Pferdekopf aufsuchen und auch die aufgehende Sonne begrüßen. Nach dem Morgengeläut ging er an die Verwirklichung seines Vorhabens.

Zunächst rieb er seinen ganzen Körper mit Weihwasser ein. Dann nahm er das Kruzifix über seiner Stubentür herunter und verbarg es unter seinem Wams. Das waren seine Waffen gegen den Bösen. So stapfte er erwartungsfroh an den Rhein.

Schon hatte er drei passende Stämme ausfindig gemacht, die jemand achtlos seit Monaten im Gelände unweit des Ufers liegen ließ. Die waren astlos und zudem trocken. Er wusste, trockenes Holz schwimmt besser. Die Bälkchen zurrte er mit Seilen zusammen. Dann legte er sich mit seiner ganzen Körperfülle darauf und siehe, er schwamm tatsächlich. Zuerst versuchte er es mit der linken Hand, nochmals links und das Floß steuerte nach rechts. Dann grub er die rechte Hand dreimal in das Wasser und drückte kräftig den Wasserschwall nach hinten, und das Floß reagierte nach links. Danach versuchte er es ganz kräftig mit beiden Händen gleichzeitig, und seine primitive Arche strebte nach vorne. Es war Hochsommer, das Wasser angenehm warm.

Adam hatte solche Freude mit seinem hölzernen Gefährt, und er beachtete überhaupt nicht, wie weit er sich schon vom Ufer entfernt hatte. Immer wieder schob er sich gegen den Strom. Er stellte instinktiv fest, die linke Hand musste mehr arbeiten, als die rechte. Er sollte jetzt zwei linke Hände haben. Aber die hatte er nicht.

Dann schloss er die Hände. So war die Fläche größer. Ja, jetzt ging es besser. Er spürte, wie seine Arche seinen Bewegungen besser folgte. Links, links, links und rechts. Schon war er viel zu weit vom Ufer entfernt, um umzukehren. Er wüsste auch gar nicht, wie er das anstellen sollte. Also weiter, immer weiter auf die Mitte des Stromes. Leichter Wind blies ihm Wasserspritzer ins Gesicht. Jetzt konnte er einen Atemzug lang überhaupt nichts sehen. Also die Augen schließen und kräftig schaufeln. Wenn ihn die Lachse im Rhein so gesehen hätten, würden die sich gewundert haben, welche Art von sonderbarem Fisch dort auf der Wasseroberfläche platschend und spritzend seine Bahn zieht. Keuchend und schnaubend pustete er den Atem durch seine Lungen. Plötzlich vermeinte er, Stimmen zu hören. Das werden doch um der Heiligen Jungfrau Willen keine Wassergeister sein. Sofort verwarf er den Gedanken. Es war sein eigenes Herz, das ihm bis zum Halse pochte. Jetzt eine Ruhepause einlegen. Das war die Lösung. Er sammelte Kräfte für die Weiterfahrt.

Das Floß trieb in der Mitte des Stromes. Schon war er unbemerkt an der Liebfrauenkirche vorbei, trieb weiter stromab, an der Ringmauer mit ihren Türmen entlang. Er sah verwundert auf die Stadt, deren Bewohner immer auf seine Glokken vertraut hatten. Solange er sein Ziel nicht vor Augen hatte und stattdessen sich gestrigen Träumen hinzugeben, kam er niemals am anderen Ufer an. Also wendete er den Kopf und blickte genau auf den Pferdekopf. Der erschien ihm jetzt größer, genau, wie es ihm erging, in seinem traumhaften Erlebnis auf dem Dachfirst der Liebfrauenkirche, als das steinerne Kreuz immer größer wurde. Jedoch dies war kein Traum. Er bemerkte seine völlig durchnässte Hose, sein Wams störte ihn bei seinen Ausholbewegungen. Den musste er abstreifen. Vorsichtig zog er den rechten Arm aus dem Ärmel. Dabei hob er seine rechte Flanke an. Doch missachtete er sein Gleichgewicht für Sekunden nur. Darauf geriet er ins Schwanken. Drohte abzugleiten. Instinktiv reagierte er mit einer Gegenbewegung. Das war noch einmal gut gegangen. Aber mit dem Wams ging auch das Kruzifix verloren. Jetzt besaß er nur noch das Weihwasser auf seinem Körper. Ob das wohl noch ausreichen würde?

Weil er seine Aufmerksamkeit nur einen Augenblick lang nicht seinem Floß widmete, missachtete er dessen Kurs und gewahrte zu spät, wie er geradewegs auf ein Felsenriff zusteuerte. Denn inzwischen war er längst an seinem Wohnort vorbei getrieben. Das wäre die Rettung, runter von dem schwimmenden Gefährt und rauf auf einen sicheren Felsen, der eben seinen Kopf aus der Flut in die Sonne streckte. Jetzt gab er sein Vorhaben, ans andere Ufer zu gelangen, auf. Es war ihm wichtiger, das eigene Leben zu retten. Zuerst einmal auf den Felsen. Die Gischt blies ihm wiederum das Wasser ins Gesicht. Doch dieses Mal widerstand er dem Bedürfnis, beide Augen zu schließen. Mit weit aufgerissenen Schreckensblicken starrte er den Felsen an, der scheinbar auf ihn zu raste. Viel zu spät erkannte er, dass der rundgewaschene Schieferfels glitschig war und keinen Halt bot. Adam spürte sein Herz, wie es an seinem Hals kräftig pochte. Bumbum, bumbum, bumbum. Seine Hände suchten einen rettenden Spalt im Felsen, nur eine kleine Nische vielleicht, während er blitzschnell den schmierig nassen und seifenglatten Fels abtastete. Wo war die eine verdammte Nische, wenn auch nur für einen seiner zehn Finger? Er sah, wie seine Adern auf den Handrücken dick hervortraten. Er presste seine Finger so stark in den einen Spalt und bemerkte, dass sie bluteten. Doch er verspürte keinen Schmerz. Lange konnte er nicht mehr durchhalten. Doch er kämpfte, musste weiter kämpfen. Jetzt spürte er auch den beißenden Schmerz in seinem rechten Arm, während er mit der linken Hand noch immer nach einer rettenden Kante oder Ritze tastete. Plötzlich hatte er in seiner rechten Hand einen faustgroßen Stein, mit übermenschlichen Kräften herausgebrochen.

Seine ausgestreckten Arme glitten an dem Stein ab, während er das Floß unter seinem Körper verlor. Sofort versank er in den Fluten und trieb und trieb immer weiter in das strudelnde und reißende Nass. Mit Reflexbewegungen seiner um sich schlagenden Arme versuchte er, einen unsichtbaren Halt zu erhaschen. Doch dort war nur Wasser.

Die Temperatur des wilden Rheins war so angenehm warm, dass er überhaupt nicht mehr spürte, wo sein Körper aufhörte und das Wasser begann. Er verschmolz förmlich mit der Flut.

Vor seinen Augen verdunkelte sich die Welt. Sein Blick wurde verschwommen wie trübe Suppe. So sank er unmerklich in die Tiefe. Eine längst abgelegte Kindheitsangst kehrte zurück. Dreimal noch trieb es ihn an die Oberfläche. In seinem Kopf hämmerten wirre Kindheitsbegegnungen nach Einlass in sein Bewusstsein. Er sah seine weinende Mutter, die ihm die traurige Geschichte seines ertrunkenen Vaters erklärte, jedoch nicht, dass der gar nicht sein leiblicher Vater war. Er hörte sein eigenes Sylvestergeläut, sah den erschlagenen Jüngling am Ufer und sortierte noch einmal die Schädel in der Totenkammer, wie er sie miteinander auf dem Regal des Todes verklebt hatte, womit er tatsächlich dem Apostolischen Glaubensbekenntnis seinen persönlichen Riegel vorgeschoben hatte.

Plötzlich kam es ihm vor, als trete sein richtiger Vater vor ihn hin. Es war die wichtigste und auch die letzte Minute seines kurzen Glöcknerlebens. Jetzt erfuhr Adam die Bedeutung seines Beinamens „Pafili", der in Wirklichkeit nur eine Verkürzung von patre filius (Sohn des Paters) war. Er erlebte noch einmal den waghalsigen Balanceakt mit Handstand auf dem Kirchenkreuz und den brennenden Wunsch, von den Menschen in seiner Stadt anerkannt zu werden. Jetzt wusste er, das war das Ende. Er kam sich vor, wie auf der Rutschbahn zur Hölle. Jetzt würden es alle erfahren, und jeder würde an ihn denken und seine Taten den Kindern und Kindeskindern weiter erzählen. Ein anderer müsste nun für ihn die einsame Totenglocke in Bewegung setzen. Der Besuch des Fremden in der Ecke mit dem schwarzen Hut und der Sense erschien ihm jetzt in einem anderen Licht. Es war der Sensenmann, der seine Erscheinung bildhaft vorausgeschickt hatte, um nach seinem nächsten Opfer Ausschau zu halten.

Noch ein letztes Mal kam Genugtuung in ihm auf über den gestohlenen Messwein. Es war die einzige Möglichkeit für ihn, sich gegen seinen strengen Dienstherrn, der in Wahrheit sein Vater war, zu wehren. Erst jetzt bereute er aus tiefstem Herzen, seinen leiblichen Vater mit dem Tod bestrafen zu wollen. Der Hass gegen seinen Erzeuger fiel von ihm ab wie welke Blätter im Herbst. Sein letzter Gedanke galt seiner Mutter, zu der er nun bald hingetrieben werde, damit sie ihn in seine Arme nehme. Jetzt fiel ihm auch wieder der Ausspruch von Bruder Johannes ein, der ihm während eines gemeinsamen Spaziergangs am Ufer des Rheins einmal gesagt hatte: „Auf dem Wasser träumen die Menschen mehr zurück als nach vorn." Der Rhein trieb den Glöckner in das große Meer, wo es am Horizont den Himmel berührt, um seine Seele aufzunehmen.

Wo das Meer den endlosen Himmel berührt,
Das Element im ständigen Gleichmaß mutiert,
Wo der Tropfen die himmlische Wolke gebiert,
Wird die Seele des Menschen ins Jenseits geführt.

Purpurne Schatten ermatten im Licht.
Der Abendstern blinkt, und bald kommt die Nacht.
Die glühende Sonne versinkt in der Gischt,
Vollendet den Erdkreis - ein Tag ist vollbracht.

Wie leblos der Leib von den Wellen umschmeichelt,
Verstummt das Getöse, die Zeit wird jetzt still.
So liebvoll wird jener vom Wasser gestreichelt,
Es treibt ihn zum ewigen Horizont hin.

Wo das Meer den endlosen Himmel berührt
Wird die Seele des Menschen ins Jenseits geführt.

Lieder und Gedichte

Zum Gruß

Grüß mir den Wein, den Honiggelben.
Grüß mir das Mädchenlachen am Rhein,
dann werd´ ich hingehn und trinken denselben,
um wieder für Stunden jung zu sein.

Grüß mir die Liebe mit pochendem Herzen.
Grüß mir die Maid und die Fröhlichkeit.
Lasst uns beim Tranke küssen und scherzen.
Vergessen, den Alltag beim Prosit zu zweit.

Grüß mir den Zecher mit fackelnder Nase.
Grüß mir die Fältchen in seinem Gesicht.
Grüß mir die Tropfen, die edlen, im Glase.
Die launischen Mucker - ach, grüße sie nicht.

Mein Paradies

Zeig mir den Ort, wo tausend Reben blühen.
Wo Mauerkranz und vieler Türme Trutz.
Wo tausend Lichter in dem Fluss verglühen.
Die Abendsonne schenkt dem Wandrer Schutz.

Wie heißt das Städtchen an dem schönen Rhein?
Wo meine Liebe, meine Sehnsucht wohnt?
Wo man sich trifft mit Alt und Jung beim Wein.
Wo sich das Leben immer wieder lohnt.

Mein Lob gilt dir, du Zufluchtsort am Strom.
Du Oberwesel, malerisch und schön.
Du bist gekrönt von Türmen und vom Dom.
So möcht' ich mal den Garten Eden sehn.

Refrain:
Oberwesler Fröhlichkeit
Heimatland am Rhein
Ist die Welt auch noch so weit,
Lass bei dir mich sein.

Paradies am Mittelrhein,
Bei der Loreley.
Paradies des Rieslingwein,
Fühl dich frank und frei.

Kirwelhauser Heimatlied

Wo die bunten Türme sich erheben,
wo verträumt Liebfrauens Glockenklang,
möchte ich all meine Zeit verleben,
möcht' ich sein ein ganzes Leben lang.

Wo verträumt die Elfenley im Rücken,
Sankt Liebfraun, die große Mutter thront,
da bekenn ich freudig mit Entzücken,
dass das Glück in diesen Gassen wohnt.

Lasst mich sein in eurer Nachbar Mitten,
Schließt das Tor, lasst keine Feinde rein.
Öffnet euch dem rechtschaffenen Dritten,
gebet Dach und Bett und Brot und Wein

Wenn dereinst die Stunde ist, gekommen,
da ich Abschied nehm´ von Rhein und Wein,
wird mein irdisch Leben dann genommen,
in Gedanken will ich bei euch sein.

Refrain:

In Kirwelhause bin ich zuhause,
da geht noch immer einer an den großen Tisch.
Rücken zusammen bei Sturm und Flammen
Da bleibt die Nachbarhilfe immer wieder frisch.

Text: Karl-Heinz Link, 1983
Melodie: Franz Leinhäuser

81

Das Lob vom Wein

Ich lobe einen Wein vom Rhein,
Der kühl und saftig mundet,
Gewürzt mit Gold und Schieferstein,
Dass der Geschmack sich rundet.

Was Winzerkunst und Sonnenglut,
Im Jahresring vollbringen,
Das reift im Herbst zum höchsten Gut,
Und lässt die Kehle klingen.

Wenn bunt verschwenderisch das Laub,
Wenn Nebelbänke wallen,
Dann wird die süße Last zum Raub,
Auch wenn die Büchsen knallen.

Die Stare künden´s lustvoll an.
Jetzt sind sie süß, die Trauben.
Oh könnt`st du fliegen, armer Mann,
Wie Adler oder Tauben.

Dann würd´ ich eilends sie verzehren,
und laben meine kranke Seele,
Dabei die eig´ne Lust vermehren,
Und tränken meine durst´ge Kehle.

Doch Flügel wachsen keinem Manne.
Drum muss ich warten fast ein Jahr,
Genieß` den Wein dann aus der Kanne,
Vergoren, frisch und rein und klar.

Möchte´ nun mit keinem Adler tauschen,
Bin glücklich jetzt ein Mensch zu sein,
Will mich an meinem Trank berauschen,
Und sing´ das Lob vom Wein und Rhein.

Trinkspruch

Lasst die Gläser hell erklingen.
Funkelnd perlend, goldnen Wein.
Lasst im Kreis von Freunden singen.
Lasst uns heute fröhlich sein.

Dass beim Tranke wachsen Bande.
Zwischen Mensch und Mensch zugleich.
Und im ganzen Rebenlande.
Eintracht zwischen Arm und Reich.

Seht mir in das trunkne Auge.
In das lachende Gesicht.
Wie ich aus dem Becher sauge.
Was Unsterblichkeit verspricht.

Reinheit, Klarheit, ausgegoren.
Glücklich, wer den Becher hält.
Glücklich, wer am Rhein geboren.
Rhein, du Mittelpunkt der Welt.

Entnommen meinem Schauspiel
„Johannes Ruchrat, Rebell von Oberwesel" 1977

Innerlichkeit

Mein Gefühl ist eine Landschaft
mal eine Ebene, weit wie weite Wüsten,
mal schroff wie ein Archipel.
Diese innere Landschaft kennt die Gezeiten,
und so entstehen liebliche Weiden,
prall glitzernd Zenit, schwermütig bunt
und eisig Schaudern.
Es ist wie Kalender, Zyklus und Zufall streiten
um jede Kulisse. Jetzt ist Stress dran
und dann Zank.
Nein, ich werfe Zufriedenheit nach vorn,
bevor ich Gewichtsteine auf die Bühne zitiere.
Lass die Requisiten des Alters, den Stock und den
weißen Bart noch draußen.
Bringt Schwerter und Streitaxt. Das Stück ist kein Einakter.
Warum verspätet sich die Souffleuse?
Er kennt seinen Text nur oberflächlich.
Zeichnet seinen Weg mit Kreide. Er irrt sonst.
Kreide, ja Kreide, zieh einen Kreis um ihn,
so bleibt er gefangen und verweigere ihm die Schwingen.
Er würde sonst von dannen fliegen über den Ätna.
Nein, seine Flügel sind nicht Wachs.

Mein Gefühl ist ein Bild aus Öl.
Du kannst die Augen schließen
und mit dem Zeigefinger
die Konturen messen.
Den blauen Himmel
fühlt deine Fingerkuppe Rosmarin
und den grünen Tann
ertastest du in Gold.
Wer sagt denn gültig

ob der Kirchturm rot,
wenn du ihn lähmend farblos findest.
Sein Glockenschlag ist schwer
weil Trauer er verkündet.
Das Bild ist stumm
doch hörst du seine Schläge.
Erst deine Finger
ertasten seine Schräge.
Der Turm steht schief.
Das kommt vom vielen Läuten.
Was kümmert es die Küster,
die sich daran erfreuten.
Mein Gefühl ist eine Anthologie,
meist trivial - seicht - nur allzu flach.
Doch gibt es Augenblicke,
in denen Epen mit Balladen wechseln
und Novellen mit Lyrik wetteifern,
geschmückt mit Aphorismen und Collagen.

Die Burg der Alchimisten

Majestätisch thront der Graf.
Von Schönburg auf des Berges Rücken.
Alchimie raubt ihm den Schlaf.
Nur reines Gold kann ihn entzücken.

Verriegelt hinter Burgfriedmauern.
Es zischt und brodelt im Labor.
Man sieht ihn vor Gefäßen kauern.
Doch bringt er noch kein Gold hervor.

Nur heiße Dämpfe schwefelgrün.
Zieh´n schwanger durch den hohen Raum.
Sieht nicht die Rosen ringsum blüh´n.
Die Veilchen nicht, den Apfelbaum.

Das ist die Burg der Alchimisten.
Sie trotzte aller Feinde Sturm.
Belebt von Knechten und Obristen.
Inmitten der geheime Turm.

Doch das Geheimnis lockt die Neider.
Die schmieden den verwerflich Plan.
Und heuern an das Heer der Streiter.
Ein ganz verruf´ner Landsknechtclan.

Mit Arkebusen und Musketen.
Mit Trommelwirbel und Geschrei.
Da hilft kein Wimmern und kein Beten.
Das grüne Dickicht geht entzwei.

In der Kapelle kniet ein Mann.
Die Kutte rahmt sein fahl Gesicht.
Er betet, was er beten kann.
Jedoch sein Gott, hört der ihn nicht?

Schon steh´n sie vor dem Tor, dem dicken.
Und rennen gegen Eiche an.
Doch in dem Turm hantiert mit Tücken.
Ein unerschrockner Edelmann.

Macht arglos weiter die Versuche.
Vertraut dem Bollwerk, Turm und Wehr.
Derweil im Rücken ein Eunuche,
Schleicht meuchlings in dem Raum umher.

Es blinket hell des Messers Klinge.
Ein dumpfer Stich trifft jäh sein Herz.
Als Henker tut er´s ohne Schlinge.
Der eigne Bruder - ohne Schmerz.

Beseitigt ihn im Riesenfasse.
Darinnen gabs noch niemals Wein.
Im tiefen Keller, dem Gelasse,
Ruh´n heute noch des Grafs Gebein´.

Das Tor hielt stand wie eh und je.
Des Mönchs Gebet, es ward erhört.
Des Grafes Licht – herrjemine,
Ist keinen Pfifferling mehr wert.

Bist du dem Golde auf der Spur,
Gib wohl auf deine Feinde Acht.
Misstraue selbst der Freunde Schwur,
Schon mancher hat dich umgebracht.

Am 3.10.97 bei einer literarischen Rheinreise des FDA
(Freier Deutscher Autorenverband) auf den Spuren von Heinrich Heine
von Mainz bis Oberwesel auf dem MS Aventura erstmals vorgetragen.

Christnacht

Weihnacht, Fest der stillen Lichter,
Rührt der Menschen Herzen an.
Milde Züge der Gesichter,
Künden von dem Weihnachtsmann.

Hast und Eile sind verflogen,
Weichen einer glitzrig´ Pracht.
Menschen zeigen sich gewogen,
Alle Töne leis´ und sacht.

Die Natur in unsren Breiten,
Hält fürwahr den Atem an.
Aus dem dunklen Walde schreiten,
Ruprecht und der Weihnachtsmann.

Kinderaugen strahlen hell,
Fiebrig vor dem Lichterbaum.
Heiligabend kommt ganz schnell.
Und erfüllt so manchen Traum.

An den süßen Teller locken,
Apfel, Nüss´ und Mandelkern.
In der warmen Stube hocken,
Ach, wie hab` ich das so gern.

In der hohen heil´gen Nacht,
Leuchtet hell ein Diamant.
Hat der Menschheit Heil gebracht,
Und wird Gottes Sohn genannt.

Ode an Liebfrauen

Du steigst hinauf, du himmelstürmend gotisch Haus.
Als wolltest du den Wolkenkranz erringen.
Mit schlankem Schiff siehst du wie eine Dame aus.
Dein rotes Kleid lässt meinen Blick bezwingen.

Lässt meinen Blick bezwingen von Madonnen.
Von deinen Künsten auf Lettner und Altar.
Ein golden Bündel von farbenfroher Sonnen.
Fällt durch die Fenster, so samtig weich und klar.

In deinen Räumen erheben sich die Säulen.
Als ob sie spielend dich trügen durch die Zeit.
Und wenn im Leben die Stürme mich umheulen.
Gibst du mir Zuflucht; mein Herz fühlt sich befreit.

Seit deiner Weihe gewährtest manchem Streiter.
Du deinen Schutz, ob Bürger, ob Soldat.
Schenk deine Gunst den Menschenkindern weiter.
Und deinen Mantel halt jederzeit parat.

Du steigst hinauf, du himmelstürmend gotisch Haus.
Als wolltest du den Wolkenkranz erringen.
Mit schlankem Schiff siehst du wie eine Dame aus.
Dein rotes Kleid lässt meinen Blick bezwingen.

Auszug aus der Festschrift zur 650-Jahrfeier der Liebfrauenkirche zu
Oberwesel 1981 (Seite 4)

Wieder daheim

Essay

Romantische Schlupfwinkel in Fachwerkgiebeln,
von Mauern und Zinnen und Türmen umrahmt,
eingebettet in einladend anmutende Rebhänge
zwischen gezacktem Schiefergestein
und schroff abfallenden Hängen,
nicht trennend, eher verbindend
durch einen Strom von majestätischer Breite,
so bietet sich die kleine Stadt mir dar.
Unverkennbar der Talblick, von Urbar kommend,
gebietet meinem Fuße Halt.
Die Kontrapunkte des mächtigen Ochsenturms
und der beiden stadtbegrenzenden Gotikbauten,
schatzbergende Gebetshäuser, sind so augenfällig,
wie die umlaufende Ringmauer den Stadtkern
umschließt.
Droben auf dem Schönberg dirigiert eine Feste
den harmonischen Gleichklang vom Leben unter
Schieferdächern.
Ich verharre und überlasse mich dem Bild
und seiner Wirkung.
Sanfter Rauch entsteiget grauen Dächern.
Das Bild, es lebt. Plötzlich drängt es mich,
als ob der Wein jemals zur Neige gehe
dort im Städtchen an dem Strom.
Die ersten Schatten,
die von dunkelgrünem Efeu eingekleidete Mauer
verschenkt mir wohlige Kühle.
Der rasche Gang hat meine Stirn erhitzt.
Ich kenn´ ein Haus. Da gibt es einen Wein.
Was wär´ der Wein ohne die Menschen?

Mensch und Wein sind gute Freunde.
Jetzt klingen bunte Glockenklänge in den alten Tag.
Leuchtend rot glüht das Gemäuer
von der Schönburg auf die müde Stadt. Abend.
Noch verharren die verborg´nen Lichter,
noch ist´s hell.
Nur drinnen hinter bleiverglasten bunten Scheiben
flackern Kerzen im Lokal.
Ein kurzer Gruß, dann sitz ich in der Runde.
Als ob ein Tag, ein sonnenreicher, Überstunden
machen wollte, so glänzet der Pokal,
gefüllt mit kernig herbem Saft,
mir strahlend froh entgegen, sehr zum Wohl.
Und wie der Schluck, der erste mich erfährt,
da sprudelt es aus übervollem Herzen: Heimat.
Ich hatte sie vertauscht, den heilen stillen Hort.
Ihr Glanz im Rheintal tauscht ich ein
samt Frohsinn und geselligem Bemühen.
Die Wohlfahrt und Geborgenheit,
vertraute Namen und angeborne Laute
ließ ich jäh zurück.
So ging ich fort, zu weit, sie öfter zu besuchen.
Zum Abschied, der mir damals leicht, gesellte sich
die Wehmut.
Zwar nahm ich Wein mit von zu Haus,
wie schnell war der getrunken.
Und Bilder von dem Strom, dem Mauernkranz,
den Türmen.
Sie zeigte her ich manchem Fremden in der Stadt.
Die Stadt, groß, wie sie mir erschien,
hätt´ vielfach Platz gehabt für dieses Fleckchen Erde.
Fremd waren dort Gesichter.
Und immer wieder fremd und neu und anders
ihre Züge.

Die Sprache, freilich deutsch und trotzdem fremd
im Klang.
Ich musste hundertmal die neuen Straßen gehen,
eh' mich die Namen und die Häuser freundlich
stimmten.
Ihr Pulsschlag war genormt.
Ich musste mich dreinfinden
und lernen musst ich täglich,
mich üben in der großen Stadt.
Wenn das Gesicht der Bäckersfrau auch freundlich,
so währte es doch Wochen, bis sie vertraut mir schien.
Ich hatte mich beworben, war stolz auf den Vertrag.
Und jung an Jahren half die Hoffnung mir nach vorn.
Vergleiche, Einsicht und Erfahrung standen Pate.
Es schadet keinem jungen Manne, wenn er sieht,
wie andernorts der Tag sich zwingt.
Die Forderung nach mehr macht einen Mann.
Und wenn ich vorhin sagte,
dass Wehmut, leichter Abschiedsschmerz
mich peinigte,
so war an diesem Abschiedstage
doch die Rückkehr schon bestimmt.
Nicht als Entschluss, nicht greifbar nah,
nur als Funke irgendwo im Inneren,
nie verlöschend.
Was hätt´ ich drum gegeben manches Mal,
an trüben Tagen, ewig langen Nächten unter
fremden Dächern,
was hätt ich drum vertauscht
aus meinem neuen Wirkungskreis
für ein vertrautes Wort.
Es reizte mich, den fremden Klang
in Nachahmung zu üben.
Das war die Referenz, die einz´ge an die neue Welt.

Dann sprach ich mit den Meinen,
der Frau, den Kindern wieder Dialekt.
So ausgeprägt, so echt als wie zuhause.
Die Kinder freilich lernten draußen Deutsch,
ein Hochdeutsch, dem ich heute noch
vergeblich nachzueifern ich mich mühe.
Und wenn die Sehnsucht nach dem Strom
mich manchmal übermannte,
dann fuhr ich Stunden durch das Land,
den nächsten Weg zum Rhein.
Dort stand ich wortlos an dem Fluss,
der braun und schwer wie zäher Schlamm
der nahen Grenze gegenschwamm.
Hier war ich nicht zuhause.
Doch konnt ich wieder freier atmen
beim Anblick des bekannten Rheins.
Ich sah´s als Niederlage an
und wehrte mich im Innern der Gefühle.
Gestand mir ein, fast ein Jahrzehnt,
du bist der Trennung nicht gewachsen.
Gewachsen in der Fremde war ein neuer Takt,
ein Anspruch an das Leben,
oft Standard auch genannt.
Die Stadt, die große, konnte dies erfüllen,
selbst wenn sie kühl und sachlich sich gebärdet.
Ich hatte abzuwägen
zwischen schiefergrau verträumter Heimat
und dem Ort der scheinbar güldenen Fassaden,
die lockten mich mit Geld.
Ich wählte grau und bürgerlich,
statt mich dem Neonglanze hinzugeben.
Der Hahnenschrei aus Nachbars Garten
beglückte mich am Morgen.
Der Schwalbe tiefer Flug

durch Gässchen, zwischen Giebeln und Gemäuer
belebte meinen noch verschlafnen Blick.
Ich war zuhause.
Jetzt sind die rauchig schwarzen Schlote
der Fabriken, die marmornen Fassaden
großer Bauten und rotgebgrüner Augen
des Großstadtlärms verdränget wie im Traum.
Sie kehren wieder, in den Träumen.
Fallen über mich her
wie über den Verräter.
Sie zerrten mich an meiner Kluft
und schmeichelten mir gar
mit lockend Konditionen.
Nein, lasset mich in Frieden.
Vergesset mich für immer.
Mein Ratschluss ist endgültig.
In tiefen Zügen genieße ich den Tag,
den kleinen, den persönlichen, den frohen Sieg.
Wie gern lass ich mich einen Spießer schelten.
Doch sing ich stets das hohe Lied
von Heimat, Rhein und Wein.
Die Anpassung nicht leicht,
der Sprung zurück verhehlt nicht seine Tücken,
doch nehm ich viel in Kauf.
Im Lauf der Zeit, da wachsen alte Wurzeln.
Sie greifen Nahrung suchend, Nahrung findend Grund.
Es wachsen alte Bande.
Erst waren es die Zeugen der Vergangenheit,
die mir vertraut erschienen,
steinerne Wächter auf wehrtüchtig Mauern.
Die breiten, haushohen Schattenspender
umschließen lückenlos den alten Stadtkern,
als wollten sie auch heut´ noch ungebet´ne Feinde
von seinen Bürgern schützend ferne halten.

Längst ist Zurückgezogenheit gewichen.
Einladend´ Gastlichkeit empfiehlt sich vielfältig,
dem Gaste, so auch mir.
Dann waren es bekannte Laute,
bekannte Züge der Gesichter,
die mir Gewissheit gaben, zu Haus´ zu sein.
Ich gebe zu, es waren neue Blicke drunter,
viele junge Züge,
doch beim zweiten Blick entdeckte ich
dahinter ihre Eltern.
Und dies ersparte mir, sie nach den Namen zu fragen.
Ich lauschte gern der übervollen Sprache,
verflüssigt durch das Nass im Glas,
wie sie die Runde gar schwärmerisch
mit frisch Erlebtem froh erheiterten.
Es waren keine wicht´gen Dinge.
Nein nein, das waren sie beileibe nicht.
Junge Menschen erfahren ihre Umwelt
und sich selbst.
Und das empfinden sie nicht selten komisch oder lustig.
Wie hätt´ ich ihnen widersprechen dürfen?
Man raubt doch keine Illusionen.
Das wäre unschicklich von mir.
So freute ich mich mit ihnen,
gab ihrem Drängen nach,
von ihren Eltern zu erzählen,
mit denen ich die Schulzeit lang verbrachte.
Nicht wieder Schulzeit, nein.
Es wird zu viel glorifiziert.
Schönmalerei und Legende,
als ob die Schulzeit aus lauter Episödchen nur
bestanden hätte.
So plaudert´ ich, wie wir gemeinsam damals lebten.
Und siehe da, gar manche Selbstverständlichkeit

erschien in einem andren Licht.
Obwohl ich´s lernte von zuhause,
obwohl die Heimatkunde sich versuchte,
Erfahrung, Abstand und der Blick geschärft
von Heimweh und der Fremde,
ich seh´ die Heimat, die mich wieder hat,
mit sehenden, mit andern Augen.
Schön war´s bei jenen jungen Menschen im Lokal.
Längst glänzt´ der volle Mond im glatten Strom,
mit silbrig Schimmern breit und matt bis an die Ufer,
als ich den Umweg wählte, dann zu gehen.
Gut´ Nacht ihr Freunde,
das war mein erster Tag bei euch, bei mir zu Haus.
Noch im Gehen sprach ich leise vor mich hin.
Ich sprach so laut, dass grad ich´s hören konnte.
Es waren fast vergessne Laute,
die hörten sich ja an wie Kosenamen,
obwohl sie ungern nur den Namensträgern
schmeichelten.
Spitznamen gab´s von A bis Z,
die ihre Träger zeitlebens mit sich tragen
wie ausgetret´ne Schuhe.
Die hatten selbst die Eigenart, sich zu vererben.
So trug der Sohn den gleichen Ruf wie seine Ahnen,
entstanden einst zur bess´ren Unterscheidung.
Und weil ein jeglicher gleich ungefragt erkannte,
wes Träger dieser Sonderheit gemeint,
wurd´ Allgemeingut, was einst die Alten still ersannen.
Ja, ja, die neue Gen´ration
ist nicht mehr so erfinderisch mit neuen Attributen,
doch pflegt sie den Gebrauch
der Spitznamen noch heute.
Ich will sie hier,
obwohl ich viele kenne,

doch nicht benennen, weil unschicklich es wär´,
auch würde mancher dann sich grämen,
weil ausgerechnet er hier einging in die Schrift.
Gesprochen ja, doch nicht geschrieben,
so leben sie noch heute, selbst wenn sie uns gestorben.
Die Derbheit mancher Namen,
sie macht sich schlecht gedruckt.
Begnügen wir uns schlicht, dass es sie gibt.
Der Mond verdeckte fast verschämt
sein Spiegelbild im dunklen Strom,
versteckt wohl hinter einer Wolke,
als ob er die Gedanken, die eigenen erraten hätt´.
So schritt ich fortan schweigend weiter,
derweil im Strauch, im nahen Grün der Rheinanlagen
zwei jauchzende, verscheuchte Laute
lächelnd ich vernahm.
Der eine hell, der andere dunkel. Ich schritt vorbei.

Tierisches

Der Lehrer Specht

Der Lehrer Specht fragt in der Schule
Gibt es unter euch auch Schwule?
Die Reblaus streckt den Zeigefinger
Schreckhaft sind die jungen Dinger

Sind empört und echauffiert
Dass der sich nicht einmal geniert
Es war ne SIE und war kein ER
Oh deutsche Sprache bist du schwer

Das Fräulein Schwalbe rümpft die Nase
Die Drossel schnäpselt an dem Glase
Die Amsel träumt vom Liebesglück
Das Rotkehlchen senkt seinen Blick

Die Meise schmunzelt vor sich hin
Der Lerche macht es keinen Sinn
Und selbst der Ammer geht der Jammer
So langsam auf die Kleiderkammer

Sie tuscheln mit der Hand vorm Mund
Die Drossel gibt die Botschaft kund:
Herr Lehrer Specht, ich kann´s nicht fasse
Sie sind hier in der falschen Klasse

Wir alle, die im Baumhaus wohnen
Sind alles echte Amazonen
Der einzig Schwule, der sind Sie
Bei all dem bunten Federvieh

Mich träumt

Mich träumt, ich wär ne Rebenlaus
Ging bei den Winzern ein und aus
Beim Einlass war ich immer schüchtern
Beim Auslass freilich nicht mehr nüchtern

Mein Unwesen trieb ich bei Nacht
Bis Morgengrau´n mein Werk vollbracht
Als Kobold löst´ ich manchen Spund
Und führt´ den Weinschlauch an den Mund

Schluck schluck, was ist das Leben schön
Wenn andere zur Arbeit gehn
Derweil ich pflege meinen Bauch
Wie´s bei den Rebläusen so Brauch

Gefräßig, feist, Verderben bringen
Mit Vehemenz die Keule schwingen
Tod allen Reben ist mein Ziel
Für Rebläuse ein Kinderspiel

Da kam der Kurfürst Wenzelslaus
Und macht´uns Läusen den Garaus
Es dürft´ nur Rieslingreben geben
Die würden trotz der Reblaus leben

Ich prophezeie euren Erben
Die Reblaus, sie wird niemals sterben
Auf dem Papier, wo dies geschrieben
Da wird sie jeder Leser lieben.

Reblaus-Story

In den grünen Weinberghängen
Wo sich süße Trauben drängen
Um den knorrig Rebenstock
Haust ein alter Reblausbock

Jahrein, jahraus blieb er verborgen
Derweil er wirklich nichts verdorben
Drum hat man ihn nicht ausgerottet
Auch ganz und gar nicht eingemottet

Als jüngst im Mai die Säfte stiegen
Wollt er noch einmal Hitze kriegen
Es wurd dem alten Reblausbock
Auf einmal mulmig unterm Rock

Mit Seufzern, kaltem Schauerrücken
Gedachte er mit groß´ Entzücken
Der allerliebsten Reblausdame
Jolanthe war ihr schöner Name

Zwar hat er sie noch nie geseh´n
Doch alle Welt hält sie für schön
Ihr Ruhm geht quer durch die Nationen
Wo all ihre Verehrer wohnen

Er schrieb ein Dutzend Liebesbriefe
Wie sehr sein Herz im Traum sie riefe
Auch wollte er sie sanft begatten
Auf taufrisch, grünen Wiesenmatten

Dann schlug er vor ein Rendezvous
Dort auf der Weide bei der Kuh
Die glotzt doch nur, kaut vor sich hin
Hat für´s Verliebtsein keinen Sinn

Vortrefflich schien der Ort gewählt
Was hat er sich die Nacht gequält
Ob sie auch kommt, sich ihm vermählt?

Dann kam sie, rosa angehaucht
Statt Küsse hat sie ihn verjaucht
War ihm das peinlich, gar nicht fein
Jolanthe war ein Trüffelschwein

Zu allem Überfluss und Schaden
Begrub sie ihn mit warmem Fladen
Vom Achtersteven jener Kuh
Jetzt hat die Reblaus ihre Ruh

Orientreise

Versteckt als blinder Passagier
Im Jumbojet nach Agadir
Ein Reblauspärchen froh und munter
Sie kommen unbeschadet runter

Der Flug, er war nicht ganz geheuer
Dafür war die Passag´ nicht teuer
Im Gegenteil, sie flogen schwarz
Versteckt im Catering als Harz

In einer Dessert-Plastikroll
Passierten sie den fremden Zoll
Und unbemerkt, geheim wie immer
Sie landeten alsbald im Zimmer

Ein feines Haus mit goldnen Hähnen
Da sollte man sich glücklich wähnen
Die Rebläuse, wer das versteh´
Gehören nicht zur „Hautevolee"

Drum schlichen sie, s´ist wirklich wahr
Per Eselskarren zum Basar
Vielfalt des nahen Orient
Viel bunter als der Okzident

Es riecht nach Tee und Opiaten
Mehr wird von hier aus nicht verraten
Es blitzt nach weißen Diamanten
Die Bullen suchten nach Bekannten

Bei Razzia tatütata
War plötzlich gar kein Dealer da
Nun schleppte man g´rad wie im Märchen
Ein unbescholt´nes Reblauspärchen

Zur Wache in das Hauptgebäude
Da saßen uniforme Leute
Die fragten viel und wussten wenig
Dort ist ein Megadummkopf König

Es war nun gar nichts zu beweisen
Drum durften sie auch weiterreisen
Den Heimweg wählten sie per Schiff
Doch das lief plötzlich auf ein Riff

Nun können Rebläuse nicht schwimmen
So mussten sie den Mast erklimmen
In einer Möve Federkleid
Bestanden sie die Reisezeit

In Nizza bei Brigit Bardot
Bezaubern sie ´nen kleinen Floh
Der brachte sie dann nach Bordeaux
Jetzt waren beide Läuse froh

Sie gründeten im Frankenreich
Den Megareblaus-Trust zugleich
Seither konnte es nicht gelingen
Den Bordeauxwein zu bezwingen

Der war in seiner Konsistenz
Immun durch seine Resistenz
So flohen sie zum fernen Norden
Bis zu den kalten, tiefen Fjorden

Und wenn sie nicht gestorben sind
Verschlägt sie eines Tag´s der Wind
Von Norden auch in unser Tal
Und die Geschicht´beginnt nochmal

Rudi, der Affe

„Rudi" hieß der süße Affe.
Dass er wenig Arbeit schaffe,
Beteuerte der brave Mann.
Treuherzig sieht der Aff´ dich an.

Schon schmelzen dir all´ die Bedenken.
Du wirst doch nicht dein Hirn verrenken.
Vertraust dem Vorbesitzer blind.
Der neue Argumente find´t.

Ein Äffchen sein ein Hausgenoss´
Sei billiger als manches Ross.
Im Unterhalt auch gar nicht teuer.
Es gibt auch keine Affensteuer.

Der Hausgenoss´, er wird bestaunt.
Ist alle Tage gut gelaunt.
Die Oma näht ihm hübsche Kleider.
Sie braucht wahrhaftig keinen Schneider.

Mit Lederhose, Schlips und Socken
Wird Rudi bald im Käfig hocken.
Er frisst genüsslich die Bananen.
Und freut sich aller, die da kamen.

Um Referenzen zu erweisen.
Zudem den Zögling brav zu preisen.
Mit Streicheln und mit Pfötchen geben.
Blitzschnell hat jener eine kleben.

Besuchers Wange ist gerötet.
Im Geist hat er das Biest getötet.
Jedoch er sagt: „Ach ist der niedlich."
Bewahrt die Haltung und bleibt friedlich.

Rudis Hand teilt Watschen aus.
Jedem Gast in diesem Haus.
Er traktiert auch die Tapeten.
So sehr die Hausbewohner flehten.

Es stört ihn nicht, er ist der King.
Und leistet sich gar manches Ding.
So springt er von der Ofenbank.
Zur Deckenlampe und zum Schrank.

Ein Porzellan, es ging in Scherben.
Das wollte Oma doch vererben.
Er plündert´ die Hausapotheke.
Und steht dem Hausherrn dreist im Wege.

Vergreift sich am Präservativ.
Da hing der Haussegen jetzt schief.
Nachdem er mit dem Käfig schaukelt.
Hat er den Seegang vorgegaukelt

Jetzt riss dem Tierfreund die Geduld.
Er gibt sich selber alle Schuld.
Heut ist das alles längst verschmerzt.
Hätt´nicht ein Schreiber ganz beherzt.

Papier und Tintenstift gegriffen.
Das alles etwas fein geschliffen.
Der Nachwelt zum Geschenk gemacht.
Den Affen unsterblich gemacht.

Was lernen wir aus der Geschichte?
Von jenem süßen Bösewichte?
Der Affe passt als Herdentier.
Doch nicht zum mir und nicht zu dir!

Mundart

Die Schöpfungsgeschicht´

Ganz om Ohnfang hot Gott die Welt gemacht, de Hiemel un die Erd. Uff de Erd wars stockdungel, mer konnt´die Hand nit vor de Aawe siehn. Iewerall war Hochwasser. Do is Gott driewergeschwebt als Geischd.

Do saht er, es sollt hell were. Un schwubbdich war´s gloggehell. Was hat er n Schbass gehatt on seinem Lieschd. Dann hot er de Reih no ´s Liechd gedrennd vun de Dungelheid, hot en Gewölleb ous em Wasser rousgehold un saht, das wär de Hiemel.

Om nägschde Daach hot Gott ´s Wasser gesammeld, so wie große Kimbel, un was drumerum iewergebliew ist, war´s Land. Dorum heische mir Deutschland, die Egelänner England un dene Russe hot er Russland geformd.

Mittwuchs hot er die Wiese un Wälder erschaff, die Schlisselblume un die Masliebchjer, die Kadoffele und die Äppel.

Om Dunnerschdaach kame die Sterne drohn, Sunn und Mond. Es hot gefungelt, un er hatt en Heideschpass wie unseranans on Sylveschder. Von Stunn on war´s om Daach hell und nachts halt dungel.

Annerndaachs wars ihm zu ruhich em Wasser, en de Luft un uff de Erd. Er hot die Nessies, Qualle und Haifisch gemacht, die Adler, die Spazze un die Migge. Weil es awwer zu viele Sorde ware, hot er se Geschöpfe genennt. ´S wichdigschde war, se sollde sich vermehre. Un das duhn se heit noch. Vor allem die Kaniggel.

Allewei kam die Erd droon. Leewe, Elefande, Wellef und Dionos muschde herbäi, aach Eidexe un Moulwirf. Dann sollden Laid herbäi. „Nach seinem Ebenbilde." Jetzt waischde, wie er oussieht, de Gott. Guck en de Spiejel. Mensche, Wäisse, Schwazze, Gääle un Roode. Er hot se gesäänt un se mießden sich genauso fortplanze und sich die Erd´unnerdaan mache, die Viecher beherrsche, awwer de Dierschuzz nit vergesse. Äppel und Gemies kenndense esse. Die Vähl und Kieh hätte met Kerener und Groos genuch. Mir also säin samschdaachs on de Reih gewääs. Kaa Wunner, dass mer nit so ganz gerood säin. So ungefähr ist die Welt entstann.

Om Sunndaach hatter die Noos voll. `S wär genuch, er wollt ousruhe. Un genau das sollte mer noomache. Die Sunndaachsruh ist uns seitdähm heilich. Deshalleb gehn mer om Sunndaach en die Kiersch.

Lukas-Evangelium

Servichmol hot de Kaiser Augustus ongeordent, alle Leit miessde mol wiere gezählt wäre. Was heischt wiere, es war jo die ierscht Zählung. De Quirin war domols Stadthalder en Syrien. Do säin se all heimgang, jeder en sein Schtadt, um sich äntraan se losse. Do ging aach de Josep vun Nazareth enuff no Judäa, wo de David dehaam is. Bethlehem heischt das Städtchje. Do muschder sich melle. Sei Fraa, die Maria, die war hochschwanger. Awwer es hot nix gään, schwanger hien, schwanger her. Wenn gezählt wird, misse se all. Es ging jo onfangs alles gud. Als se glicklich do ware, gings los. `S Kend kam. Es war en Bu, de ierschde. Winnele hadde se. Nur kaan Bett und kaan Schtubb. Alle Hotels ware belääd. Ka Wunner, bei dere Volkswannerung. Do is en nix anneres iewergebliew, als das Kend en ne Futtergripp se läje, en so nem Stall bei Ochs un Esel.

Nou ware Hirde uff em Feld bei ihrem Viehzäich. Do kam de Engel des Herrn uff die Wies, un er hot geschtrahlt wie ´n Botzaamer. Die Hirde waren ganz scheen platt. Se sollde kaan Ängschd hoon, weil er ihne groß Freid verzähle dääd. Es war ihne nämlich de Redder geboor, drenn em Dorf, es war de Christus, de Herr. Und se solle druff achte, wenn se en klaa Kend finne däde, was en Winnele gewiggelt en ner Kripp liet. Un uffemol war bei däne Engel en ganz groß himmelich Karona, die hon fier de Friede demonschdriert em Hiemel unn uff de Erd.

Feierdaach

Wenn de Frohnäichnumsdaach
uffem Kallenner schteht
Wird's Muddergoddesje gebodzt
un aach die Kierzeläichder
gewienert. Dä Wacks vumm
ledschde Johr muss runner
Unn Schlisselbluhme miesse her
un Magereedebluhme.
Wo is das wäiße Schbitzedeckchje
un Schträichhelzjer
däm Kend sein Gränzje
un das Blumekerbchje.
Die Tembotaschediecher fier die Tant
die griehd bei däne fiele Majbahm
jedes Johr de Haischnobbe.
De Tand ihr Rosegränzje
un es Gebäädbuch met de große Schrift
De Grosche fier de Klingelbaidel
Vadder, die Fähnchjer
die roodwäiße
un das rode no ouße.
Beeil dich.
Die Brozzesjoon kimmt schunn.
Guggemol die Engelchjer wie scheen.
Wo ist dann uns Kend,
duts aach nit schwätze?
Es Gränzje sitzt en bißje schebb
Uffem Loggekebbchje.
Was säin das fier staatse Kerle,
die de Hiemel drahn.
Em Namen des Vaaders
un die Messediener met ihr

Roode Freggelchjer
un des Sohnes
mein Gott is dä Herr Parre
en fromme Mann
un des heilischen Geistes
wie die Jungfrauwe so tapfer
vorbääde duhn
Wie es war im Anfang.
Gugg, die Nooberschfraa
Hot ihre neije Rosaroode uffem Kobb
So auch jetzt und allezeit …
Nur das Kosdühm ist alt.
Das hatse schunn em letschde Johr
Jetz singese däm Keenich Freudebsalme
Hätt dä Mann en Schbaß
Wenn noch do wär.
Awwer er is jo uff Vadderdaach
en de Hiemel nuffgefohr.

Literatur aus Rheinland-Pfalz, Anthologie III, Mundart, Mainz 1986, gefördert vom Kultusministerium Rheinland-Pfalz

Auf dem Aldegundismarkt

En Dalljet is de Deiwel los.
De Druwel is heit riesegroß
Einmol jährlich is das Fescht.
De Wain schmeckt hie de allerbeschtd.

Mitte en de Waldesluft
Schiffelt mer de Brotwurschtduft.
Luftballone un aach Dippe,
gibt es billich, Besen, Schippe,
Blumepett un heiße Wurschd,
Wäin un Limo fier de Durscht.
Hemde, Schlipse, Buxe, Bluse,
junge Lait, die säin om schmuse
Alde kennens aach noch gut,
wenns em Herz en Finkchje Glut.

Unnerm alde Eichebaum
schbielt die Musik Walzerdraum.
Schbield nit gut, doch lout genug,
guckt aach ganz scheen en de Kruuch.
Schdaubich säin die Inschdrumende,
durchgeschwitzde Schlips un Hemde.
On de Disch wird dumm gebabbelt,
en de Eck, do hots gerappelt.
Zwei, die hon sich en de Hoor,
weje nix, un das is woohr.

Wenn die Sunn dann unnergeht,
un en Abendliftchje weht,
länger were alle Schadde,
dungelgrien die Wiesemadde,
geht mer langsam en sein Stadt,

wo mer nit so´n Waldlufd hat.
Bauerschleit geh häm zum Hof.
Mache noch en Abschieds-Schwoof.
Muß i denn auf Wiedersehn.
Nur dä Pitter, dä bleibt stehn.

Muß em Stehn noch ahne schlürfe,
heit, do därf dä Pitter dürfe.
Trinkt un trinkt, bis raawe Nacht.
Hot ons Heimgehn nit gedacht.
Schauckelt durch die leere Stänn,
sinn all weg, die Leit, die Kenn.
Turkeld en de Wald, ohn´ Ziel.
´S war halt doch für ihn zu viel.

En Beinchje stellt ihn eine Buche
Em Falle fängt er an zu fluche.
Met Dunnerkeil und Kreizgewitter.
Dann schläft er seelich, unser Pitter.

Annerndachs um vier nit foul,
do sucht mer ihn met seinem Goul.
Hennedrohn drollt seine Hund,
dä mischt dann dän große Fund.
Läht dän Pitter uff de Karre.
Iewerall do hore Schmarre.
Wird deham ens Bett geläht.
Hot en Kater, wie mer sehd.
Er gelobt bei seine Kinn.
En Johrlang geht er dot nit hin!

Aus „Weinplaudereien in Mundart, 1986 Gewa-Druck, Bingen

Karl-Heinz Link

Jahrgang 1934, verheiratet, drei Söhne und eine Tochter. Vier Jahrzehnte in Verlagshäusern. Gewann 1957 einen Literaturpreis der Bundeszentrale für Heimatdienst in Bonn zu dem Thema: "Überwindung rassischer Vorurteile." "Lorleley-Geflüster" erschien 1976 als Lyrikband und ein Jahr danach "Johannes Ruchrat, der Rebell." Ruchrat war Vorläufer von Martin Luther, Bürger von Oberwesel am Rhein. Ruchrat landete vor dem Ketzergericht in Mainz. Das Schauspiel wurde 25 Jahre nach Erscheinen beim 10. Mittelalterlichen Spectaculum in Oberwesel sechsmal aufgeführt. Ende der 90er Jahre entstanden die Stücke "Der Teufelspakt[2]", die "Sieben Jungfrauen" und der der "Kaiserreigen", die alle vor dem Rathaus in Oberwesel mehrere Spektakel verursachten. Im Dezember 2006 erschien seine Kriminalerzählung: "Goldrausch an der Loreley" Im Frühjahr 2007 kam der Bahnlärm-Krimi: „07:13 – Zug des Todes – Stirb langsam, Loreley" und im Sommer 2007 „Die frivolen Taten des Glöckners." Mitveröffentlichung in mehreren Anthologien seit 1986 u.a. in Literatur aus Rheinland-Pfalz III (Mundart) in Mainz, Mitbegründer des FDA-Freier Deutscher Autorenverband, Landesverband Rheinland-Pfalz. Vorwort in „Mein Land, das ferne leuchtet" von Hans-Dietrich Lindstedt, 1983 J. G. Bläschke-Verlag, St. Michael, Österreich.

www.link-karl-heinz.de

---

2 erschienen in FDA-Anthologie ANKUNFT, Immanuel-Kant-Verlag 1987

Erschienen Dezember 2006

Ein stinkreicher Japaner will die Loreley kaufen und kubikmeterweise abtragen lassen. Sie soll nach Japan verschifft werden. Der Finanzminister in Berlin soll dafür 250 Milliarden Euro bekommen. Damit kann der seinen Haushalt sanieren. Ein Aufschrei geht durch die Schwesterstädte St. Goar und St. Goarshausen. Dann zwei heimtückische Morde. Ein Mann wird bei lebendigem Leib begraben, und die leibhaftige blonde „Loreley" wird tot von einem Schiffer auf einem Felsen der „Sieben Jungfrauen" gefunden. Die Gemüter in den verwinkelten Gassen geraten aus den Fugen. Ein Koblenzer Ermittlertrio geht unorthodoxe Wege. Noch undurchsichtiger sind die Winkelzüge der Täter.

ISBN: 978-3-8334-64509-3
188 Seiten, PB 11,95 €

07:13 Zug des Todes
Bahnlärm-Krimi

Welterbetal kämpft gegen Bahn - Doku mit Krime, Poesie und Ironie

Bild: Bernd Thierolf, Barny´s Fotoshop

Das Thema ist brandaktuell. Der Zündstoff mit Namen Bahnlärm rattert unablässig durch die Köpfe und Schlafzimmer der Mittelrheinbewohner. Dauerlärm darf nicht zur Normalität werden. Die Menschen am Rhein wollen von der Bahn keine Beschwichtigungen mehr hören. Sie wollen Taten sehen und keine Taten begehen. Dann menschliches Hackfleisch auf den Schienen im Bopparder Hamm. Ein zweiter Toter im Gestrüpp unterhalb der zerfallenen Burg. Gibt es einen Zusammenhang zwischen dem Presserummel und den Toten? Der Mythos der Loreley darf nicht sterben. Am Ende gibt's eine faustdicke Überraschung für die Koblenzer Ermittler.
Wer sein vorheriges Buch „Goldrausch an der Loreley" kennt, wird alte Bekannte wiederfinden.

„07:13 Uhr - Zug des Todes" erschienen im Mai 2007.
220 Seiten, PB, 16,00 €
ISBN 978-3-8334-7915-1

Pressestimmen:

Mit feinem Humor verknüpft der Oberweseler Autor Heimatkunde mit einer spannenden Kriminalgeschichte.
Mit seinen detailreichen Beschreibungen der Personen, bei denen leise Ironie mitschwingt, möchte er „uns Rheinländern einen Spiegel vorhalten".
RHEINZEITUNG, Januar 2007

Was passiert, wenn in einer der beschaulichsten Gegenden Deutschlands Gold gefunden wird? Das hat sich Autor Karl-Heinz Link in seinem frisch erschienenen Werk „Goldrausch an der Loreley" ausgemalt. Ein Krimi, der vor allem durch seine charmante Darstellung der teilweise recht kauzigen Einheimischen gleichzeitig auch eine Hommage an die Heimat ist und zum Schmunzeln einlädt.
RHEINZEITUNG, Januar 2007

„Goldrausch" für Krimifans

Seit Mitte Dezember gibt es den neuen Rheintalkrimi „Goldrausch an der Loreley". Zur Autorenlesung erwartet der Oberweseler Karl-Heinz Link die Zuhörer am 14. Januar in der Historischen Weinwirtschaft.

OBERWESEL: Ein reicher Japaner will die Loreley kaufen und kubikmeterweise abtragen. Sie soll nach Japan verschifft werden.
Der Finanzminister in Berlin soll dafür 250 Milliarden Euro bekommen. Damit kann der seinen Haushalt sanieren.
Ein Aufschrei geht durch die Schwesterstädte St. Goar und St. Goarshausen. Dann zwei heimtückische Morde. Ein Mann wird bei lebendigem Leib begraben, und die leibhaftige „Loreley" wird von einem Schiffer tot auf einem Felsen der „Sieben Jungfrauen" gefunden.
Auszüge der spannenden Geschichte hören die Besucher am 14. Januar ab 11 Uhr in Oberwesel. WOCHENSPIEGEL Rhein-Mosel, Dez. 2006

Mord, Selbstmord oder ein Unfall?

Neuer Rheintal-Krimi greift Bahnlärm-Problematik im Mittelrheintal auf

OBERWESEL (ew). Mord, Selbstmord oder ein Unfall? Kriminalautor Karl-Heinz Link lässt Horst Krawuttke wieder im Mittelrheintal ermitteln.

Nach seinem ersten Erfolgskrimi „Goldrausch an der Loreley" veröffentlicht Karl-Heinz Link Anfang April seinen Folge-Krimi „07:13 Zug des Todes" und greift damit die Bahnlärm-Problematik im Mittelrheintal auf.

„Manchmal glaube ich selbst nicht, was in meinen Krimis alles passiert. Mord, Liebe, Kneipentouren. Ich schaffe Figuren und lasse sie einige Kapitel später wieder sterben", lächelt Karl-Heinz Link. Der Autor aus Oberwesel, der erst kürzlich seinen ersten Krimi „Goldrausch an der Loreley" veröffentlicht hat, präsentiert nach nur fünf Monaten Schreibarbeit sein zweites Werk „07:13 Zug des Todes". Hintergrund ist die Ankündigung der Deutschen Bahn, die Zugdichte im Mittelrheintal zu erhöhen. Link führt im Anhang eine umfangreiche Liste von Veröffentlichungen der Medien im vergangenen Jahr rund um den Bahnlärm auf. Er spricht die Unterschriftenaktionen an und zeigt Möglichkeiten auf, wie der Bahnlärm reduziert werden könnte. „Wer das erste Buch kennt, wird die Kriminalermittler und deren Familienangehörige wiedererkennen", erzählt Link. Und wie beim ersten Krimi gelingt es ihm ein weiteres Mal, den „Rheinländern einen Spiegel vorzuhalten". „Ich skizziere Familiengeschichten, wie sie das Leben schreibt. Mit allen Facetten", unterstreicht der Autor. Und auch die Tatorte sind wahrscheinlich jedem aus der Region bekannt: Eine Leiche auf den Gleisen im Bopparder Hamm, eine zweite unter einer Burg. Die Ermittlungen beginnen. Karl-Heinz Link vereint in seinen 35 Kapiteln Spannung, Poesie und hin und wieder einer Portion Ironie. Der Leser wird zum Ermittler und schwebt zwischen fiktiver Geschichte und der Realität. Am Ende wartet eine faustdicke Überraschung. Für alle.
WOCHENSPIEGEL Rhein-Mosel, März 2007

Gold an der Loreley: Hotels ausgebucht

ST. GOARSHAUSEN. Gold am Loreleyfelsen, diese Nachricht lockte Heerscharen von Abenteurern, Gaunern und Geschäftsleuten in das Rheintal. Und mit einem Mal gab es nicht nur in den Schwesterstädten St. Goar und St. Goarshausen keine Übernachtungsmöglichkeiten mehr, sondern in allen entlang des Flusslaufes und auf den Höhen gelegenen Orten auch. Selbst die letzten Kammern, Heuschober und Hütten waren belegt. Tourismus mal anders.

Inmitten dieses undurchsichtigen Getümmels, der Lügen, des Betrugs und Versteckspiels versuchen die drei Kriminalkommissare auf echt ungewöhnliche Weise Licht in zwei Mordfälle zu bringen.

Der Autor dieser Kriminalerzählung mit dem Titel „Goldrausch an der Loreley", Karl-Heinz Link aus Oberwesel, las die ersten Kapitel, und die Zuhörer in der vollständig besetzten Gaststube „Loreley-Weinstübchen in St. Goarshausen lauschten angespannt seiner rauchigkratzigen Stimme.

Er las auszugsweise. Nie wurden Tatzusammenhänge oder der oder die Täter von Mord und Betrug angedeutet, geschweige denn zu erkennen gegeben. Der Autor zeigte sich als ausgezeichneter Kenner des Menschenschlags „Mittelrheinbewohner" mit dessen Befindlichkeiten Fremden gegenüber. Er sprach die Sprache der Mittelrheiner, kannte ihre Macken, was die Geschichte trotz Mord und Totschlag sympathisch machte. Alles war aufs Kleinste recherchiert und nachprüfbar, Zugverbindungen und Fahrpreise, Schiffsnamen und Schifffahrtsregeln, Straßen- und Gemarkungsbezeichnungen, sogar Flugpläne – denn es ging auch rund um den Globus. Sogar bei den polizeilichen Ermittlungsarbeiten muss ein „Insider" Ratschläge erteilt haben.

Auch aus seinem neuesten Werk las Link einige Zeilen vor: Es heißt: „07:13 Uhr – Zug des Todes, Stirb langsam Loreley" und wird ab sofort im Buchhandel erscheinen. Bereits in den wenigen Sätzen des Klappentextes, die der Autor verlas, wurden interessante und aktuelle sowie spannende Bezüge zum Dauerthema Bahnlärm deutlich.

Norbert Schmiedel

RHEINZEITUNG, Loreley-Ausgabe vom 8. Mai 2007